Rainer Maria Rilke, geboren am 4. Dezember 1875 in Prag, ist am 29. Dezember 1926 in Valmont/Schweiz gestorben.

Rilke vermag in seinem Frühwerk inmitten aller Konventionalität nicht bloß zeittypisch zu sein, sondern auch einen eigenen Ton zu entfalten. Mit dem Blick auf Inhaltliches zeigt sich, daß in seinen frühen Gedichten im wesentlichen schon alles vorhanden ist, was auch sein Spätwerk bestimmt. – Der dichterische Begriff der Ganzheit von Leben und Tod, der in polarer Ergänzung erst den vollen Umkreis des Daseins begründet, ist eines der zentralen Motive, die Rilke nicht mehr loslassen werden.

insel taschenbuch 878

Rilke

Frühe Gedichte

RAINER MARIA RILKE
FRÜHE GEDICHTE

Insel Verlag

Umschlagabbildung: Gustav Klimt, Gertha Felsövànyi.
Die Reproduktion erfolgt mit freundlicher Genehmigung
der Galerie Welz, Salzburg
Der Text folgt der Ausgabe: Rainer Maria Rilke,
Sämtliche Werke. Erster Band
Insel Verlag Frankfurt am Main 1955
Originaltitel: Mir zur Feier. 1899

insel taschenbuch 878
Erste Auflage 1985

Vertrieb durch den Suhrkamp Taschenbuch Verlag
Umschlag nach Entwürfen von Willy Fleckhaus
Satz: Röck, Weinsberg
Druck: Nomos Verlagsgesellschaft, Baden-Baden
Printed in Germany

1 2 3 4 5 6 – 90 89 88 87 86 85

FRÜHE GEDICHTE

Des Buches ›Mir zur Feier‹
zweite Auflage (1909)

Das ist die Sehnsucht: wohnen im Gewoge
und keine Heimat haben in der Zeit.
Und das sind Wünsche: leise Dialoge
täglicher Stunden mit der Ewigkeit.

Und das ist Leben. Bis aus einem Gestern
die einsamste von allen Stunden steigt,
die, anders lächelnd als die andern Schwestern,
dem Ewigen entgegenschweigt.

Ich bin so jung. Ich möchte jedem Klange,
der mir vorüberrauscht, mich schauernd schenken,
und willig in des Windes liebem Zwange,
wie Windendes über dem Gartengange,
will meine Sehnsucht ihre Ranken schwenken,

Und jeder Rüstung bar will ich mich brüsten,
solang ich fühle, wie die Brust sich breitet.
Denn es ist Zeit, sich reisig auszurüsten,
wenn aus der frühen Kühle dieser Küsten
der Tag mich in die Binnenlande leitet.

Ich will ein Garten sein, an dessen Bronnen
die vielen Träume neue Blumen brächen,
die einen abgesondert und versonnen,
und die geeint in schweigsamen Gesprächen.

Und wo sie schreiten, über ihren Häupten
will ich mit Worten wie mit Wipfeln rauschen,
und wo sie ruhen, will ich den Betäubten
mit meinem Schweigen in den Schlummer lauschen.

Ich will nicht langen nach dem lauten Leben
und keinen fragen nach dem fremden Tage:
Ich fühle, wie ich weiße Blüten trage,
die in der Kühle ihre Kelche heben.

Es drängen Viele aus den Frühlingserden,
darinnen ihre Wurzeln Tiefen trinken,
um nicht mehr können in die Knie zu sinken
vor Sommern, die sie niemals segnen werden.

Meine frühverliehnen
Lieder oft in der Ruh
überrankter Ruinen
sang ich dem Abend sie zu.

Hätte sie gerne zu Ronden
aneinandergereiht,
einer erwachsenen Blonden
als Geschenk und Geschmeid.

Aber unter allen
war ich einzig allein;
und so ließ ich sie fallen:
sie verrollten wie lose Korallen
weit in den Abend hinein.

Die armen Worte, die im Alltag darben,
die unscheinbaren Worte, lieb ich so.
Aus meinen Festen schenk ich ihnen Farben,
da lächeln sie und werden langsam froh.

Ihr Wesen, das sie bang in sich bezwangen,
erneut sich deutlich, daß es jeder sieht;
sie sind noch niemals im Gesang gegangen
und schauernd schreiten sie in meinem Lied.

Arme Heilige aus Holz
kam meine Mutter beschenken;
und sie staunten stumm und stolz
hinter den harten Bänken.

Haben ihrem heißen Mühn
sicher den Dank vergessen,
kannten nur das Kerzenglühn
ihrer kalten Messen.

Aber meine Mutter kam
ihnen Blumen geben.
Meine Mutter die Blumen nahm
alle aus meinem Leben.

Ich geh jetzt immer den gleichen Pfad:
am Garten entlang, wo die Rosen grad
Einem sich vorbereiten;
aber ich fühle: noch lang, noch lang
ist das alles nicht mein Empfang,
und ich muß ohne Dank und Klang
ihnen vorüberschreiten.

Ich bin nur der, der den Zug beginnt,
dem die Gaben nicht galten;
bis die kommen, die seliger sind,
lichte, stille Gestalten, –
werden sich alle Rosen im Wind
wie rote Fahnen entfalten.

Das ist der Tag, in dem ich traurig throne,
das ist die Nacht, die mich ins Knieen warf;
da bet ich: daß ich einmal meine Krone
von meinem Haupte heben darf.

Lang muß ich ihrem dumpfen Drucke dienen,
darf ich zum Dank nicht einmal ihren blaun
Türkisen, ihren Rauten und Rubinen
erschauernd in die Augen schaun?

Vielleicht erstarb schon lang der Strahl
der Steine,
es stahl sie mir vielleicht mein Gast, der Gram,

vielleicht auch waren in der Krone keine,
die ich bekam?...

Weiße Seelen mit den Silberschwingen,
Kinderseelen, die noch niemals sangen, –
die nur leis in immer weitern Ringen
zu dem Leben ziehn, vor dem sie bangen,

werdet ihr nicht euren Traum enttäuschen,
wenn die Stimmen draußen euch erwachen, –
und ihr könnt aus tausend Taggeräuschen
nicht mehr lösen euer Liederlachen?

Ich bin zu Hause zwischen Tag und Traum.
Dort wo die Kinder schläfern, heiß vom Hetzen,
dort wo die Alten sich zu Abend setzen,
und Herde glühn und hellen ihren Raum.

Ich bin zu Hause zwischen Tag und Traum.
Dort wo die Abendglocken klar verklangen
und Mädchen, vom Verhallenden befangen,
sich müde stützen auf den Brunnensaum.

Und eine Linde ist mein Lieblingsbaum;
und alle Sommer, welche in ihr schweigen,
rühren sich wieder in den tausend Zweigen
und wachen wieder zwischen Tag und Traum.

Und einmal lös ich in der Dämmerung
der Pinien von Schulter und vom Schooß
mein dunkles Kleid wie eine Lüge los
und tauche in die Sonne bleich und bloß
und zeige meinem Meere: ich bin jung.

Dann wird die Brandung sein wie ein Empfang,
den mir die Wogen festlich vorbereiten.
Und eine jede zittert nach der zweiten, –
wie soll ich ganz allein entgegenschreiten:
das macht mich bang . .
Ich weiß: die hellgesellten Wellen weben
mir einen Wind;
und wenn der erst beginnt,
so wird er wieder meine Arme heben –

Du, den wir alle sangen,
du einziger und echter Christ,
du Kinderkönig, der du bist, –
ich bin allein: mein Alles ist
entgegen dir gegangen.

Du Mai, vor deinen Mienen
sieh mich bereit, die Arme weit:
dein Unmut, deine Zögerzeit,
dein Mut und deine Müdigkeit
hat alles Raum in ihnen . . .

Du wacher Wald, inmitten wehen Wintern
hast du ein Frühlingsfühlen dir erkühnt,
und leise lässest du dein Silber sintern,
damit ich seh, wie deine Sehnsucht grünt.

Und wie mich weiter deine Wege führen,
erkenn ich kein Wohin und kein Woher
und weiß: vor deinen Tiefen waren Türen –
und sind nicht mehr.

Du mußt das Leben nicht verstehen,
dann wird es werden wie ein Fest.
Und laß dir jeden Tag geschehen
so wie ein Kind im Weitergehen
von jedem Wehen
sich viele Blüten schenken läßt.

Sie aufzusammeln und zu sparen,
das kommt dem Kind nicht in den Sinn.
Es löst sie leise aus den Haaren,
drin sie so gern gefangen waren,
und hält den lieben jungen Jahren
nach neuen seine Hände hin.

Ich möchte werden wie die ganz Geheimen:
Nicht auf der Stirne die Gedanken denken,
nur eine Sehnsucht reichen in den Reimen,

mit allen Blicken nur ein leises Keimen,
mit meinem Schweigen nur ein Schauern
schenken.

Nicht mehr verraten und mich ganz verschanzen
und einsam bleiben; denn so tun die Ganzen:
Erst wenn, wie hingefällt von lichten Lanzen,
die laute Menge tief ins Knieen glitt,
dann heben sie die Herzen wie Monstranzen
aus ihrer Brust und segnen sie damit.

Vor lauter Lauschen und Staunen sei still,
du mein tieftiefes Leben;
daß du weißt, was der Wind dir will,
eh noch die Birken beben.

Und wenn dir einmal das Schweigen sprach,
laß deine Sinne besiegen.
Jedem Hauche gieb dich, gieb nach,
er wird dich lieben und wiegen.

Und dann meine Seele sei weit, sei weit,
daß dir das Leben gelinge,
breite dich wie ein Feierkleid
über die sinnenden Dinge.

Träume, die in deinen Tiefen wallen,
aus dem Dunkel laß sie alle los.
Wie Fontänen sind sie, und sie fallen
lichter und in Liederintervallen
ihren Schalen wieder in den Schooß.

Und ich weiß jetzt: wie die Kinder werde.
Alle Angst ist nur ein Anbeginn;
aber ohne Ende ist die Erde,
und das Bangen ist nur die Gebärde,
und die Sehnsucht ist ihr Sinn –

ENGELLIEDER

Ich ließ meinen Engel lange nicht los,
und er verarmte mir in den Armen
und wurde klein, und ich wurde groß:
und auf einmal war ich das Erbarmen,
und er eine zitternde Bitte bloß.

Da hab ich ihm seine Himmel gegeben, –
und er ließ mir das Nahe, daraus er entschwand;
er lernte das Schweben, ich lernte das Leben,
und wir haben langsam einander erkannt...

Seit mich mein Engel nicht mehr bewacht,
kann er frei seine Flügel entfalten
und die Stille der Sterne durchspalten, –
denn er muß meiner einsamen Nacht
nicht mehr die ängstlichen Hände halten –
seit mich mein Engel nicht mehr bewacht.

Hat auch mein Engel keine Pflicht mehr,
seit ihn mein strenger Tag vertrieb,
oft senkt er sehnend sein Gesicht her
und hat die Himmel nicht mehr lieb.

Er möchte wieder aus armen Tagen
über der Wälder rauschendem Ragen
meine blassen Gebete tragen
in die Heimat der Cherubim.

Dorthin trug er mein frühes Weinen
und Bedanken, und meine kleinen
Leiden wuchsen dorten zu Hainen,
welche flüstern über ihm...

Wenn ich einmal im Lebensland,
im Gelärme von Markt und Messe –
meiner Kindheit erblühte Blässe:
meinen ernsten Engel vergesse –
seine Güte und sein Gewand,
die betenden Hände, die segnende Hand, –
in meinen heimlichsten Träumen behalten
werde ich immer das Flügelfalten,
das wie eine weiße Zypresse
hinter ihm stand...

Seine Hände blieben wie blinde
Vögel, die, um Sonne betrogen,
wenn die andern über die Wogen
zu den währenden Lenzen zogen,
in der leeren, entlaubten Linde
wehren müssen dem Winterwinde.

Auf seinen Wangen war die Scham
der Bräute, die über der Seele Schrecken
dunkle Purpurdecken
breiten dem Bräutigam.

Und in den Augen lag
Glanz von dem ersten Tag, –
aber weit über allem war
ragend das tragende Flügelpaar...

Um die vielen Madonnen sind
viele ewige Engelknaben,
die Verheißung und Heimat haben
in dem Garten, wo Gott beginnt.
Und sie ragen alle nach Rang,
und sie tragen die goldenen Geigen,
und die Schönsten dürfen nie schweigen:
ihre Seelen sind aus Gesang.
Immer wieder müssen sie
klingen alle die dunkeln Chorale,
die sie klangen vieltausend Male:
Gott stieg nieder aus seinem Strahle
und du warst die schönste Schale
Seiner Sehnsucht, Madonna Marie.

Aber oft in der Dämmerung
wird die Mutter müder und müder, –
und dann flüstern die Engelbrüder,

und sie jubeln sie wieder jung.
Und sie winken mit den weißen
Flügeln festlich im Hallenhofe,
und sie heben aus den heißen
Herzen höher die eine Strophe:
Alle, die in Schönheit gehn,
werden in Schönheit auferstehn.

GEBET

Ernster Engel aus Ebenholz:
Du riesige Ruh.
Dein Schweigen schmolz
noch nie in den Bränden
von Büßerhänden.
Flammenumflehter!
Deine Beter
sind stolz:
wie du.

Der du versteinst,
du über den Blicken beginnender
König, erkiese
dir ein Geschlecht,
dem du gerecht
erscheinst,
saumsinnender
Riese.

Du, aller Matten
Furchteinflößer,
Einer ist größer
als du: dein Schatten.

Lauschende Wolke über dem Wald.
Wie wir sie lieben lernten,
seit wir wissen, wie wunderbald
sie als weckender Regen prallt
an die träumenden Ernten.

Und ich ahne: in dem Abendschweigen
ist ein einstiger Opferbrauch;
tiefer atmend hebt sich jeder Hauch:

ein Erfüllen will sich niederneigen

zu dem schwarzen hingeknieten Strauch.
Und die Sterne trennen sich und steigen,
und die Dunkelheiten steigen auch.

Gehst du außen die Mauern entlang,
kannst du die vielen Rosen nicht schauen
in dem fremden Gartengang;
aber in deinem tiefen Vertrauen
darfst du sie fühlen wie nahende Frauen.

Sicher schreiten sie zwei zu zwein,
und sie halten sich um die Hüften, –
und die roten singen allein;
und dann fallen mit ihren Düften
leise, leise die weißen ein …

Ist ein Schloß. Das vergehende
Wappen über dem Tor.
Wipfel wachsen wie flehende
Hände höher davor.

In das langsam versinkende
Fenster stieg eine blinkende
blaue Blume zur Schau.

Keine weinende Frau –
sie ist die letzte Winkende
in dem gebrochenen Bau.

Zur kleinen Kirche mußt du aufwärts steigen,
auf einen Hügel hat man sie gebaut;
denn dieses arme Dorf ist ihr vertraut
und schützend soll sie schauen auf sein Schweigen.

Der Frühling aber kann noch höher bauen;
sie lächelt licht wie eine weiße Braut
und kann schon nicht mehr ihre Hütten schauen
und schaut nur ihn und läutet nicht mehr laut...

Das sind die Gärten, an die ich glaube:
Wenn das Blühn in den Beeten bleicht,
und im Kies unterm löschenden Laube
Schweigen hinrinnt, durch Linden geseigt.

Auf dem Teich aus den glänzenden Ringen
schwimmt ein Schwan dann von Rand zu Rand.
Und er wird auf den schimmernden Schwingen
als erster Milde des Mondes bringen
an den nicht mehr deutlichen Strand.

Schau, wie die Zypressen schwärzer werden
in den Wiesengründen, und auf wen
in den unbetretbaren Alleen
die Gestalten mit den Steingebärden
weiterwarten, die uns übersehn.

Solchen stillen Bildern will ich gleichen
und gelassen aus den Rosen reichen,
welche wiederkommen und vergehn;
immerzu wie einer von den Teichen
dunkle Spiegel immergrüner Eichen
in mir halten, und die großen Zeichen
ungezählter Nächte näher sehn.

Erste Rosen erwachen,
und ihr Duften ist zag
wie ein leisleises Lachen;
flüchtig mit schwalbenflachen
Flügeln streift es den Tag;
und wohin du langst,
da ist alles noch Angst.

Jeder Schimmer ist scheu,
und kein Klang ist noch zahm,
und die Nacht ist zu neu,
und die Schönheit ist Scham.

Blendender Weg, der sich vor Licht verlor,
Sonnengewicht auf allem Weingelände.
Und dann auf einmal, wie im Traum: ein Tor,
breit eingebaut in unsichtbare Wände.

Der Türen Holz ist lang im Tag verbrannt;
doch trotzig dauert auf dem Bogenrand
das Wappen und das Fürstendiadem.

Und wenn du eintrittst, bist du Gast. – Bei wem?
Und schauernd schaust du in das wilde Land.

Da steht er gestützt am Turm.
Nur die Wipfel und Fahnen
können sein Warten ahnen,
und sie flüstern sich furchtsam: der Sturm.

Das hören die Birken, zart,
und stemmen sich Stamm zum Stamme;
wie eine farblose Flamme
flattert sein Bart.

Und dann wissens die Kinder schon,
suchen der Mutter Mienen.
Wie von wilden Bienen
ist in der Luft ein Ton.

Im flachen Land war ein Erwarten
nach einem Gast, der niemals kam;
noch einmal fragt der bange Garten,
dann wird sein Lächeln langsam lahm.

Und in den müßigen Morästen
verarmt im Abend die Allee,
die Äpfel ängsten an den Ästen,
und jeder Wind tut ihnen weh.

Wer einst das einsame Haus erbaut,
ich konnte es nirgends erlauschen.
Auch die Wipfel wagen nicht, laut
um sein Ragen zu rauschen.

Im Parke: Tot ist jeder Ton –
und alle Farben sind entflohn,
nur rotrote Blüten baten . .
als müßte alten Mord der Mohn
immer wieder von Sohn zu Sohn
verraten.

Das ist dort, wo die letzten Hütten sind
und neue Häuser, die mit engen Brüsten
sich drängen aus den bangen Baugerüsten
und wissen wollen, wo das Feld beginnt.

Dort bleibt der Frühling immer halb und blaß,
der Sommer fiebert hinter diesen Planken;
die Kirschenbäume und die Kinder kranken,
und nur der Herbst hat dorten irgendwas

Versöhnliches und Fernes; manchesmal
sind seine Abende von sanftem Schmelze:
die Schafe schummern, und der Hirt im Pelze
lehnt dunkel an dem letzten Lampenpfahl.

Manchmal geschieht es in tiefer Nacht,
daß der Wind wie ein Kind erwacht,
und er kommt die Allee allein
leise, leise ins Dorf herein.

Und er tastet bis an den Teich,
und dann horcht er herum:
Und die Häuser sind alle bleich,
und die Eichen sind stumm...

Wir wollen, wenn es wieder Mondnacht wird,
die Traurigkeit zu großer Stadt vergessen
und hingehn und uns an das Gitter pressen,
das uns von dem versagten Garten trennt.

Wer kennt ihn jetzt, der ihn am Tage traf:
mit Kindern, lichten Kleidern, Sommerhüten, –
wer kennt ihn so: allein mit seinen Blüten,
die Teiche offen, liegend ohne Schlaf.

Figuren, welche stumm im Dunkel stehn,
scheinen sich leise aufzurichten,
und steinerner und stiller sind die lichten
Gestalten an dem Eingang der Alleen.

Die Wege liegen gleich entwirrten Strähnen
nebeneinander, ruhig, eines Zieles.
Der Mond ist zu den Wiesen unterwegs;
den Blumen fließt der Duft herab wie Tränen.
Über den heimgefallenen Fontänen
stehn noch die kühlen Spuren ihres Spieles
in nächtiger Luft.

MÄDCHEN-GESTALTEN

Als du mich einst gefunden hast,
da war ich klein, so klein,
und blühte wie ein Lindenast
nur still in dich hinein.

Vor Kleinheit war ich namenlos
und sehnte mich so hin,
bis du mir sagst, daß ich zu groß
für jeden Namen bin:

Da fühl ich, daß ich eines bin
mit Mythe, Mai und Meer,
und wie der Duft des Weines bin
ich deiner Seele schwer...

Viel Fähren sind auf den Flüssen,
und eine bringt sicher ihn;
aber ich kann nicht küssen,
so wird er vorüberziehn. –

Draußen war Mai.

Auf unserer alten Kommode
brannten der Kerzen zwei;

die Mutter sprach mit dem Tode,
da brach ihr die Stimme entzwei.

Und wie ich klein in der Stille stand,
reichte ich nicht in das fremde Land,
das meine Mutter bange erkannt,
ragte nur bis zum Bettesrand,
fand allein ihre blasse Hand,
von der ich Segen bekam.

Aber der Vater, von Wahnsinn wund,
riß mich hoch an der Mutter Mund,
der mir den Segen nahm.

Ich bin eine Waise. Nie
hat jemand um meinetwillen
die Geschichten berichtet, die
die Kinder bestärken und stillen.

Wo kommt mir das plötzlich her?
Wer hat es mir zugetragen?
Für ihn weiß ich alle Sagen
und was man erzählt am Meer.

Ich war ein Kind und träumte viel
und hatte noch nicht Mai;
da trug ein Mann sein Saitenspiel
an unserm Hof vorbei.
Da hab ich bange aufgeschaut:
»O Mutter, laß mich frei…«
  Bei seiner Laute erstem Laut
  brach etwas mir entzwei.

Ich wußte, eh sein Sang begann:
Es wird mein Leben sein.
Sing nicht, sing nicht, du fremder Mann:
Es wird mein Leben sein.
Du singst mein Glück und meine Müh,
mein Lied singst du und dann:
Mein Schicksal singst du viel zu früh,
so daß ich, wie ich blüh und blüh, –
es nie mehr leben kann.

Er sang. Und dann verklang sein Schritt, –
er mußte weiterziehn;
und sang mein Leid, das ich nie litt,
und sang mein Glück, das mir entglitt,
und nahm mich mit und nahm mich mit –
und keiner weiß wohin…

LIEDER DER MÄDCHEN

Ihr Mädchen seid wie die Gärten
am Abend im April:
Frühling auf vielen Fährten,
aber noch nirgends ein Ziel.

Jetzt sind sie alle schon selber Frauen.
Haben Kinder und Träume verloren,
und Kinder geboren
und Kinder geboren,
und sie wissen: in diesen Toren
werden wir alle in Gram ergrauen.

Alles ihre hat Raum im Haus.
Nur das Avemarialäuten
hat ihren Herzen noch ein Bedeuten,
und dann kommen sie müd heraus.

Wenn die Wege zu wachsen beginnen,
kühl aus der blassen Campagna zieht's:
ihres alten Lächelns entsinnen
sie sich wie eines alten Lieds...

Geh ich die Gassen entlang,
da sitzen alle die braunen
Mädchen und schauen und staunen
hinter meinem Gang.

Bis eine zu singen beginnt
und alle aus ihrem Schweigen
sich lächelnd niederneigen:
  Schwestern, wir müssen ihm zeigen
  wer wir sind.

Königinnen seid ihr und reich.
Um die Lieder noch reicher
als blühende Bäume.

Nicht wahr, der Fremdling ist bleich?
Aber noch viel, viel bleicher
sind seine Lieblingsträume,
sind wie Rosen im Teich.

Das empfandet ihr gleich:
Königinnen seid ihr und reich.

Die Welle schwieg euch nie,
so seid auch ihr nie still
und singt wie sie;
und was tiefinnen euer Wesen will,
wird Melodie.

Und ließ den Klang in euch der Schönheit Scham
erstehn?
Erweckte ihn ein junger Mädchengram –
um wen?

Die Lieder kamen, wie das Sehnen kam,
und werden langsam mit dem Bräutigam
vergehn …

Die Mädchen sehn: der Kähne Fahrt
kehrt fernher hafenein,
und schauen scheu und dichtgepaart,
wie schwer das weiße Wasser ward:
denn das ist so des Abends Art,
wie eine Angst zu sein.

Und so ist keine Wiederkehr:
Es kommen von dem müden Meer
die Schiffe schwarz und groß und leer,
kein Wimpel oben fliegt:
als hätte alle irgendwer
besiegt.

Ihr Mädchen seid wie die Kähne;
an die Ufer der Stunden
seid ihr immer gebunden, –
darum bleibt ihr so bleich;
ohne hinzudenken,
wollt ihr den Winden euch schenken:
euer Traum ist der Teich.
Manchmal nimmt euch der Strandwind
mit bis die Ketten gespannt sind
und dann liebt ihr ihn:
Schwestern, jetzt sind wir Schwäne,
die am Goldgesträhne
die Märchenmuschel ziehn.

Die blonden Schwestern flochten froh
im Gehn Gesträhn aus goldnem Stroh,
bis alles Land vor ihnen so
wie Gold zu glühn beginnt;
da sagen sie sich: wunderwo
wir hingeraten sind.

Der Abend wird den Blüten schwer,
die Schwestern stehn in Scham
und halten ihre Hände her
und lauschen lang und lächeln leer, –
und eine jede sehnt sich: wer
ist unser Bräutigam...

Wenn die blonden Flechterinnen
gehn im Glanz des Abendlands:
  sie sind alle Königinnen
  und ersinnen und beginnen
  ihren eignen Kronenkranz.

  Denn das Licht, darin sie leben,
  ist ein großes Gnadegeben –
  und es kommt von ihnen her,
  und das Stroh, das sie zersträhnen,
  trank von ihren Mädchentränen –
  und es wurde Gold und schwer.

Eh der Garten ganz beginnt
sich der Güte hinzugeben,
stehn die Mädchen drin und beben
vor dem zögernden Erleben,
und aus engen Ängsten heben
sie die Hände in den Wind.

Und sie gehn auf scheuen Schuhn,
als ob sie die Kleider preßten;
und das sind die ersten Gesten,
die sie im Gefühl von Festen
ihrem Traum entgegentun...

Alle Straßen führen
jetzt grade hinein ins Gold:
die Töchter vor den Türen
haben das so gewollt.

Sie sagen nicht Abschied den Alten,
und ist doch: sie wandern weit;
wie sie so leicht und befreit
anders einander halten,
und in anderen Falten
um die lichten Gestalten
gleitet das Kleid.

Noch ahnst du nichts vom Herbst des Haines,
drin lichte Mädchen lachend gehn;
nur manchmal küßt wie fernes, feines
Erinnern dich der Duft des Weines, –
sie lauschen, und es singt wohl eines
ein wehes Lied vom Wiedersehn.

In leiser Luft die Ranken schwanken,
wie wenn wer Abschied winkt. – Am Pfad
stehn alle Rosen in Gedanken;
sie sehen ihren Sommer kranken,
und seine hellen Hände sanken
leise von seiner reifen Tat.

Mädchen singen:

Die Zeit, von der die Mütter sprachen,
fand nicht zu unsern Schlafgemachen,
und drin blieb alles glatt und klar.
Sie sagen uns, daß sie zerbrachen
in einem sturmgejagten Jahr.

Wir wissen nicht: Was ist das, Sturm?

Wir wohnen immer tief im Turm
und hören manchmal nur von fern
die Wälder draußen wehn;
und einmal blieb ein fremder Stern
bei uns stehn.

Und wenn wir dann im Garten sind,
so zittern wir, daß es beginnt,
und warten Tag um Tag –

Aber nirgends ist ein Wind,
der uns biegen mag.

Mädchen singen:

Wir haben lange im Licht gelacht,
und jede hat einer jeden
Nelken und Reseden

festlich wie einer Braut gebracht –
und war ein Rätseln und Reden.

Dann hat sich mit dem Namen der Nacht
langsam die Stille besternt.
Da waren wir wie aus allem erwacht
und weit voneinander entfernt:
haben die Sehnsucht, die traurig macht,
wie ein Lied gelernt...

Die Mädchen am Gartenhange
haben lange gelacht
und mit ihrem Gesange
wie mit weitem Gange
sich müd gemacht.

Die Mädchen bei den Zypressen
zittern: Die Stunde beginnt,
da sie nicht wissen, wessen
alle Dinge sind.

Eine singt:

Ich war in ferner Fremde Kind,
bis ich mich: arm und zart und blind –
aus meinem Schämen schlich;

ich warte hinter Wald und Wind
gewiß schon lang auf mich.

Ich bin allein und weit vom Haus
und sinne still: wie seh ich aus? –
– – – – – – – – – – – – – – – – – –

Fragt jemand, wer ich sei?
   ... Gott, ich bin jung und
         ich bin blond
   und habe ein Gebet gekonnt
und geh gewiß umsonst umsonnt
und fremd an mir vorbei ...

Und singt:

Es müßte mich einer führen,
aber nicht der Wind;
weil der Orte und Türen
so viele sind.
      Wen
soll ich um alles fragen;
soll ich immer nur gehn
und es wie im Traum ertragen,
daß die Berge und Burgen ragen
an dem Saum
der fremden Seen? ...

Und singt:

Wir sind uns alle schwesterlich.
Aber Abende sind, da wir frieren
und einander langsam verlieren,
und eine jede möchte ihren
Freundinnen flüstern: Jetzt fürchtest du dich …

Die Mütter sagen uns nicht, wo wir sind,
und lassen uns ganz allein, –
  wo die Ängste enden und Gott beginnt
  mögen wir vielleicht sein …

GEBETE DER MÄDCHEN ZUR MARIA

Mach, daß etwas uns geschieht!
Sieh, wie wir nach Leben beben.
Und wir wollen uns erheben
wie ein Glanz und wie ein Lied.

Du wolltest wie die andern sein,
die sich scheu in Kühle kleiden;
deine Seele wollte seiden
ihre müden Mädchenleiden
weiterblühn am Lebensrain.
Aber tief aus deinem Kranken
wagte eine Kraft zu ranken, –
Sonnen lohten, Samen sanken:
und du wurdest wie der Wein.

Und jetzt bist du süß und satt
wie ein Abend auf uns allen, –
und wir fühlen, wie wir fallen,
und du machst uns alle matt …

Schau, unsre Tage sind so eng
und bang das Nachtgemach;

wir langen alle ungelenk
den roten Rosen nach.

Du mußt uns milde sein, Marie,
wir blühn aus deinem Blut,
und du allein kannst wissen, wie
so weh die Sehnsucht tut;

du hast ja dieses Mädchenweh
der Seele selbst erkannt:
sie fühlt sich an wie Weihnachtsschnee,
und steht doch ganz in Brand...

Von so vielem blieb uns der Sinn,
gerade von dem Sanften und Zarten
haben wir irgendein Wissen:
wie von einem geheimen Garten,
wie von einem samtenen Kissen,
das sich uns unter den Schlummer schiebt;
wie von etwas, das uns liebt
mit einer verwirrenden Zärtlichkeit, –

aber viele Worte sind weit.

Viele Worte sind aus den Sinnen entflohn
und aus der Welt.
Haben sich horchend um deinen Thron,
wie um einen steigenden Ton,

Mutter Maria, gestellt;
und dein Sohn
lächelt sie an:

Sieh deinen Sohn.

Dein Garten wollt ich sein zuerst
und Ranken haben und Rabatten
und deine Schönheit überschatten,
damit du mit dem muttermatten
Lächeln gern mir wiederkehrst.

Da aber – als du kamst und gingst,
ist etwas mit dir eingetreten:
das ruft mich zu den roten Beeten,
wenn du mir aus den weißen winkst.

Unsre Mütter sind schon müd;
und wenn wir sie ängstlich drängen,
lassen sie die Hände hängen,
und sie glauben fernen Klängen:
Oh, wir haben auch geblüht!

Und sie nähen an den weißen
Kleidern, die wir schnell zerreißen,
in dem staubigen Stubenlicht.
Wie sie sich so treu befleißen,

und da sehn sie unsre heißen
Hände nicht...

Und wir müssen sie dir zeigen,
wenn die Mutter nicht mehr wacht;
und sie werden in der Nacht
wie zwei weiße Flammen steigen.

Ich war einmal so kinderkühl:
da traf mich alles wie ein Bangen.
Jetzt ist mir jede Angst vergangen,
nur diese wärmt mir noch die Wangen:
ich fürchte mich vor dem Gefühl.

Es ist nicht mehr das Tal, darin ein Lied
wie schützend seine lichten Schwingen breitet, –
es ist ein Turm, der vor den Fluren flieht,
bis meine Sehnsucht hoch vom Saume sieht
und zitternd mit der fremden Stärke streitet,
die sie so selig von den Zinnen zieht.

Maria,
du weinst, – ich weiß.
Und da möcht ich weinen
zu deinem Preis.
Mit der Stirne auf Steinen
weinen...

Deine Hände sind heiß;
könnt ich dir Tasten darunterschieben,
dann wäre dir doch ein Lied geblieben.

Aber die Stunde stirbt ohne Vermächtnis...

Gestern hab ich im Traum gesehn
einen Stern in der Stille stehn.
Und ich fühlte: Madonna sprach:
Diesem Stern in der Nacht blüh nach.

Und ich nahm alle Kraft zu Rat.
Grad und schlank aus des Hemdes Schnee
streckte ich mich. – Und das Blühen tat
mir auf einmal weh...

Wie kam, wie kam aus deinem Schooß,
Maria, so viel Lichte los
und so viel Gram?
Wer war dein Bräutigam?

Du rufst, du rufst, – und du vergißt,
daß du nicht mehr dieselbe bist,
die mir in Kühle kam.

Ich bin ja noch so blumenjung.
Wie soll ich auf den Zehn

vom Kindsein zur Verkündigung
durch alle deine Dämmerung
in deinen Garten gehn?

Deiner ernsten Engel einen
stell am Rand der Sehnsucht hin
und befiehl ihm, daß er meinen
Schwestern sagt: Ihr werdet weinen –
Denn es sind die Rosenreinen
allen Prüfungen und Peinen
wie ein Spiel von Anbeginn.

Weil sie überwunden wähnen,
was die Kindheit kindisch litt,
gehn sie lächelnd zwischen Zähnen, –
und sie tragen keine Tränen
in die neuen Leiden mit...

Oh, daß wir so endlos werden mußten!
Immer noch Entfalten um Entfalten,
und wir haben unsrer Kälte Krusten
lange, lange für den Grund gehalten.

Und ob wir uns aneinander binden
und in Furcht uns immer fester fassen
und uns langsam, wie von Brunnenwinden,
weiter in uns selber gleiten lassen:

keine kann mit ihren blassen, blinden
Händen tastend unsre Tiefen finden.

Mir wird mein helles Haar zur Last,
als wäre drin verwühlt
ein dunkler Limonenast,
der schon in seinem Blühn verblaßt
und schwerer wird, weil er schon fast
erfüllt den Frühling fühlt.

  Nimm du von mir
  die bange Zier!
Du bist noch kühl und grün,
weil unter deinen Dornen dir
die Mädchenmyrten blühn.

Und in allen alten Jahren
war ich feierlich und froh
wie die schönen Engelscharen,
die um deine Wunder waren:
...meine Mutter glich dir so...

Und ich bin erst traurig, seit
ihre Küsse mir verblaßten;
und mein Horchen und mein Hasten
und mein Ahnen ist ein Tasten
nach der neuen Zärtlichkeit.

Sie sagen alle: Du hast Zeit,
was kann dir fehlen, Kind? –
  Mir fehlt ein goldenes Geschmeid.
Ich kann nicht gehn im Kinderkleid,
wenn alle schon so brautbereit
und hell und heilig sind.

Nichts fehlt mir, als ein wenig Raum,
ich bin in einem Bann,
und immer enger wird mein Traum.
Nur Raum, daß aus dem Seidensaum
ich hoch bis in den Blütenbaum
die Hände heben kann …

Wird dieses ungestüme, wilde
Hinsehnen meinen Schwestern schwer,
so flüchten sie zu deinem Bilde,
und du entbreitest dich, du Milde,
und bist vor ihnen wie das Meer.

Du flutest ihnen sanft entgegen,
sie retten sich auf deinen Wegen
in deine Tiefen hin – und sehn,
wie sich die Wünsche leiser legen
und als ein blauer Sommerregen
auf weichen Inseln niedergehn.

Nach den Gebeten:

Ich aber fühle, wie ich wärmer
und wärmer werde, Königin, –
und daß ich jeden Abend ärmer
und jeden Morgen müder bin.

Ich reiße an der weißen Seide,
und meine scheuen Träume schrein:
  Oh, laß mich Leid von deinem Leide,
  oh, laß uns beide
wund von demselben Wunder sein!

Unsere Träume sind Marmorhermen,
die wir in unsere Tempel stellen,
und sie mit unseren Kränzen erhellen
und sie mit unseren Wünschen erwärmen.

Unsere Worte sind goldene Büsten,
die wir in unsere Tage tragen, –
die lebendigen Götter ragen
in der Kühle anderer Küsten.

Wir sind immer in Einem Ermatten,
ob wir rüstig sind oder ruhn,
aber wir haben strahlende Schatten,
welche die ewigen Gesten tun.

Es ist noch Tag auf der Terrasse.
Da fühle ich ein neues Freuen:
wenn ich jetzt in den Abend fasse,
ich könnte Gold in jede Gasse
aus meiner Stille niederstreuen.

Ich bin jetzt von der Welt so weit.
Mit ihrem späten Glanz verbräme
ich meine ernste Einsamkeit.

Mir ist, als ob mir irgendwer
jetzt leise meinen Namen nähme,
so zärtlich, daß ich mich nicht schäme
und weiß: ich brauche keinen mehr.

Das sind die Stunden, da ich mich finde.
Dunkel wellen die Wiesen im Winde,
allen Birken schimmert die Rinde,
und der Abend kommt über sie.

Und ich wachse in seinem Schweigen,
möchte blühen mit vielen Zweigen,
nur um mit allen mich einzureigen
in die einige Harmonie...

Der Abend ist mein Buch. Ihm prangen
die Deckel purpurn in Damast;
ich löse seine goldnen Spangen
mit kühlen Händen, ohne Hast.

Und lese seine erste Seite,
beglückt durch den vertrauten Ton, –
und lese leiser seine zweite,
und seine dritte träum ich schon.

Oft fühl ich in scheuen Schauern,
wie tief ich im Leben bin.
Die Worte sind nur die Mauern.
Dahinter in immer blauern
Bergen schimmert ihr Sinn.

Ich weiß von keinem die Marken,
aber ich lausch in sein Land.
Hör an den Hängen die Harken
und das Baden der Barken
und die Stille am Strand.

Und so ist unser erstes Schweigen:
wir schenken uns dem Wind zu eigen,
und zitternd werden wir zu Zweigen
und horchen in den Mai hinein.
Da ist ein Schatten auf den Wegen,

wir lauschen, – und es rauscht ein Regen:
ihm wächst die ganze Welt entgegen,
um seiner Gnade nah zu sein.

Aber der Abend wird schwer:
Alle gleichen verwaisten
Kindern jetzt; die meisten
kennen einander nicht mehr.
Gehn wie in fremdem Land
langsam am Häuserrand,
lauschen in jeden Garten, –
wissen kaum, daß sie warten,
bis das Eine geschieht:
Unsichtbare Hände heben
aus einem fremden Leben
leise das eigene Lied.

Wir sind ganz angstallein,
haben nur aneinander Halt,
jedes Wort wird wie ein Wald
vor unserm Wandern sein.
Unser Wille ist nur der Wind,
der uns drängt und dreht;
weil wir selber die Sehnsucht sind,
die in Blüten steht.

Ich fürchte mich so vor der Menschen Wort.
Sie sprechen alles so deutlich aus:
Und dieses heißt Hund und jenes heißt Haus,
und hier ist Beginn und das Ende ist dort.

Mich bangt auch ihr Sinn, ihr Spiel mit dem Spott,
sie wissen alles, was wird und war;
kein Berg ist ihnen mehr wunderbar;
ihr Garten und Gut grenzt grade an Gott.

Ich will immer warnen und wehren: Bleibt fern.
Die Dinge singen hör ich so gern.
Ihr rührt sie an: sie sind starr und stumm.
Ihr bringt mir alle die Dinge um.

Nenn ich dich Aufgang oder Untergang?
Denn manchmal bin ich vor dem Morgen bang
und greife scheu nach seiner Rosen Röte –
und ahne eine Angst in seiner Flöte
vor Tagen, welche liedlos sind und lang.

Aber die Abende sind mild und mein,
von meinem Schauen sind sie still beschienen;
in meinen Armen schlafen Wälder ein, –
und ich bin selbst das Klingen über ihnen,
und mit dem Dunkel in den Violinen
verwandt durch all mein Dunkelsein.

Senke dich, du langsames Serale,
das aus feierlichen Fernen fließt.
Ich empfange dich, ich bin die Schale,
die dich faßt und hält und nichts vergießt.

Stille dich und werde in mir klar,
weite, leise, aufgelöste Stunde.
Was gebildet ist auf meinem Grunde,
laß es sehn. Ich weiß nicht, was es war.

Kann mir einer sagen, wohin
ich mit meinem Leben reiche?
Ob ich nicht auch noch im Sturme streiche
und als Welle wohne im Teiche,
und ob ich nicht selbst noch die blasse, bleiche
frühlingsfrierende Birke bin?

Wie wir auch alles in der Nacht benannten, –
nicht unser Name macht die Dinge groß:
es kommen Pfeile, stark und atemlos,
aus Bogen, welche sich zu Spielen spannten.

Und so wie Pilger, welche unvermutet,
da eines letzten Vorhangs Falten fielen,
den Altar schaun, darauf der Becher blutet,
und nicht mehr rückwärts können aus dem Heile:

so in die Kreise stürzen sich die Pfeile
und stehen zitternd mitten in den Zielen.

Die Nacht wächst wie eine schwarze Stadt,
wo nach stummen Gesetzen
sich die Gassen mit Gassen vernetzen
und sich Plätze fügen zu Plätzen,
und die bald an die tausend Türme hat.

Aber die Häuser der schwarzen Stadt, –
du weißt nicht, wer darin siedelt.

In ihrer Gärten schweigendem Glanz
reihen sich reigende Träume zum Tanz, –
und du weißt nicht, wer ihnen fiedelt...

Auch du hast es einmal erlebt, ich weiß:
Der Tag ermattete in armen Gassen,
und seine Liebe wurde zweifelnd leis –

Dann ist ein Abschiednehmen rings im Kreis:
es schenken sich die müden Mauermassen
die letzten Fensterblicke, hell und heiß,

bis sich die Dinge nicht mehr unterscheiden.
Und halb im Traume hauchen sie sich zu:
Wie wir uns alle heimlich verkleiden,

in graue Seiden
alle uns kleiden, –
wer von uns beiden
bist jetzt du?

Wenn die Uhren so nah
wie im eigenen Herzen schlagen,
und die Dinge mit zagen
Stimmen sich fragen:
Bist du da? –:

Dann bin ich nicht der, der am Morgen
erwacht,
einen Namen schenkt mir die Nacht,
den keiner, den ich am Tage sprach,
ohne tiefes Fürchten erführe –

Jede Türe
in mir gibt nach...

Und da weiß ich, daß nichts vergeht,
keine Geste und kein Gebet
(dazu sind die Dinge zu schwer) –
meine ganze Kindheit steht
immer um mich her.
Niemals bin ich allein.
Viele, die vor mir lebten
und fort von mir strebten,

webten,
webten
an meinem Sein.

Und setz ich mich zu dir her
und sage dir leise: Ich litt –
hörst du?

  Wer weiß wer
  murmelt es mit.

Ich weiß es im Traum,
und der Traum hat recht:
  Ich brauche Raum
  wie ein ganzes Geschlecht.

Mich hat nicht Eine Mutter geboren.
Tausend Mütter haben
an den kränklichen Knaben
die tausend Leben verloren,
die sie ihm gaben.

Fürchte dich nicht, sind die Astern auch alt,
streut der Sturm auch den welkenden Wald
in den Gleichmut des Sees, –
die Schönheit wächst aus der engen Gestalt;
sie wurde reif, und mit milder Gewalt
zerbricht sie das alte Gefäß.

Sie kommt aus den Bäumen
in mich und in dich,
nicht um zu ruhn;
der Sommer ward ihr zu feierlich.
Aus vollen Früchten flüchtet sie sich
und steigt aus betäubenden Träumen
arm ins tägliche Tun.

Du darfst nicht warten, bis Gott zu dir geht
und sagt: Ich bin.
  Ein Gott, der seine Stärke eingesteht,
hat keinen Sinn.
  Da mußt du wissen, daß dich Gott durchweht
seit Anbeginn,
  und wenn dein Herz dir glüht und nichts verrät,
dann schafft er drin.

DIE WEISSE FÜRSTIN

Eine Szene am Meer

Szene

Die Hinterbühne: *Eine fürstliche Villa (gegen Ende des XVI. Jahrhunderts). Auf offener Loggia von fünf Bogen ein einfaches, geschlossenes Pilastergeschoß. Davor eine von Statuen eingefaßte Terrasse, von der sich eine Treppe mit breiten Stufen nach dem Garten niederläßt. Im Hintergrunde, hinter der Villa: der Park.*

Die Mittelbühne: *Der Garten; Lorbeerbüsche, Maulbeerbäume und in der Mitte, auf die Treppe zu, eine Platanen-Allee. Vorn links: eine Steinbank mit Kissen und die Bildsäule einer vielbrüstigen Göttin.*

Die Vorderbühne: *Steiniger Strand (mit Landungssteg) und das Meer, welches von der Seite des Zuschauers her gegen die Szene wogt, in gleichmäßig landender Bewegung. – Die Villa spiegelt den Himmel und die Weite des Meeres.*

Figuren: *Die weiße Fürstin. Ihre Schwester Monna Lara. Der Haushofmeister Amadeo. Zwei Mönche in schwarzer Maske. Ein Bote.*

DIE WEISSE FÜRSTIN *sie lehnt vorn auf der Steinbank. Sie trägt ein weiches, weißes Gewand. In ihren Augen ist Warten und Lauschen.*

Pause.

AMADEO, DER ALTE *in schwarzer Haustracht, ernst.*

Er neigt sich tief

Der Fürst ist fort.

DIE WEISSE FÜRSTIN *senkt leise die Stirne.*

Pause.

AMADEO, DER ALTE

Und was gebietet Ihr?

Pause.

DIE WEISSE FÜRSTIN

in Gedanken

Es ist zum erstenmal, daß uns der Fürst verläßt,
nicht wahr?

AMADEO, DER ALTE

Zum erstenmal seit Eurem Hochzeitsfest.

DIE WEISSE FÜRSTIN

Und das ist lange.

AMADEO, DER ALTE

Es ist das elfte Jahr seit wir das Tor geschmückt
Euch zum Empfange.

Pause.

DIE WEISSE FÜRSTIN

Man muß nicht denken, daß das viele sind.
Ich war ein Kind.

AMADEO, DER ALTE

Ich kann mich noch entsinnen;

der Kranz schien viel zu früh für Euer Haupt –

Er zögert ängstlich

aber aus Kindern werden Königinnen...

DIE WEISSE FÜRSTIN

Ja, wenn man ihnen alle Rosen raubt
und alle Mythen
und mit den reifenden Orangenblüten
die Stirn umlaubt,
bis sie die Schatten glaubt, die kalt
vom frühen Brautkranz auf sie niederrinnen:
dann werden aus den Kindern – Königinnen.

Pause.
Sie erhebt sich, lebhafter

Der Fürst nahm viele Diener in den Wald?

rasch

Send alle fort, mach mir die Säle leer,
daß keiner mir begegne in den Gängen;
denn mir soll sein, als käm ich heute her
zu singen und die Säulen zu umwinden
mit Fruchtgehängen
dichtgefügt und schwer.

AMADEO, DER ALTE

Befehlt, ich werde einen Vorwand finden
und das Gesinde in die Winde streun;
ich aber darf wohl Euern Tag betreun?

DIE WEISSE FÜRSTIN

Nein. Geh auch du. Mir ist, du wolltest längst
nach Pietrasanta, deine Enkel sehn.
Heut solls geschehn.

AMADEO, DER ALTE

Ihr wißt so gütig meiner zu gedenken...

DIE WEISSE FÜRSTIN

Ich bin nicht gut. Ich kann dich nur beschenken,
weil du mit gleicher Freiheit mich beschenkst.
Und weil du so an Monna Lara hängst,
so nimm sie mit zu deinen klugen Kleinen.

AMADEO, DER ALTE

Das ist ein Goldenes, das Ihr mir gönnt.

DIE WEISSE FÜRSTIN

Und dann vergeßt nicht: Seide nehmt und Leinen
aus meinen Schränken
mit, so viel Ihr könnt.

AMADEO, DER ALTE

Ihr macht uns reich.

DIE WEISSE FÜRSTIN

Könnt ich Euch sorglos machen!
Wer hat denn Zeit – das Leben ist so viel –,
an Not zu denken, an die kleinen Sachen,
da doch in uns die großen Dinge wachen.
Man soll nicht weinen und man soll nicht lachen;
hingleiten soll man wie ein sanfter Nachen
und horchen auf des eignen Kieles Spiel.

Pause.

Verzeiht, ich rede aus Gedanken. Seht,
die sind in mir so seltsam aufgeschichtet,
so Jahr um Jahr. Wie einer, welcher dichtet,
und einer, der sehr alt ist, das und das
in seinem Innern findet. – Aber geht,

und wenn Ihr wiederkommt, erzählt mir was,
woran ein Kind sich freuen kann. Es steht
Euch Freudiges bevor. Vielleicht auch mir.
Wir wollen aneinander denken.

AMADEO, DER ALTE *verneigt sich tief.*
Er geht durch die Platanen-Allee auf das Haus zu und quer über die Terrasse.
Pause.

DIE WEISSE FÜRSTIN *tritt ganz an den Rand der Küste. In ihren Augen ist das Meer. Sie hebt langsam die Arme und hält sie eine Weile weit ausgebreitet.*
Pause.

MONNA LARA *kommt von der Terrasse her.*
Sie trägt ein hängendes Kleid aus verblichenem Blau.
Leise legt sie den Arm um die Fürstin.
Sie schauen beide aufs Meer.
Pause.

MONNA LARA *leise*

Laß mich bei dir.

Pause.

DIE WEISSE FÜRSTIN

Du liebst doch Kinder, nicht?

MONNA LARA

Ich liebe dich.

Kleine Pause.

DIE WEISSE FÜRSTIN

Du weißt nicht, wer ich bin.

MONNA LARA *wendet das Haupt und sieht der Schwester ins Gesicht.*

DIE WEISSE FÜRSTIN

Du Kind...

MONNA LARA

Ob wir im Traum

nicht manchmal älter sind?
Da sah ich dich. Da warst du wie ein Baum.
Du standest einsam und so jung von Grün
und warst von einem Abend angeglüht.
Und ich ging hin und kam ganz nah
und sah und sagte laut: Du hast noch nicht geblüht.
Und fragte dich: Wann wirst du blühn?

DIE WEISSE FÜRSTIN *nimmt ihre beiden Hände.*
Leise

Nun stell dir vor, der Traum ist nicht vorbei.
Sei tief im Traum, du Schlafende. Es sei
dein Traum und meiner. Hast du oft geträumt,
so weißt du auch, wie unberechenbar
der Traum uns trägt. Er wendet sich, er bäumt
sich auf und er ist voll Gefahr.
Er rennt und jagt, dann wieder steht er still
und will nicht weiter; und er zittert so
wie Pferde zittern, wenn von irgendwo
genau derselbe Reiter noch einmal
entgegenkommt, genau dasselbe Tier,
derselbe Herr darauf, verzerrt und fahl–.
So, nicht wahr, ohne Absehn träumen wir.
Du weißt, im Traume kann so vielerlei
geschehn. Und es kann so verwandelt sein.
Wie eine Blume lautlos schläfst du ein,
und du erwachst vielleicht in einem Schrei...

MONNA LARA

Doch Traum ist Traum. Das kommt und das vergeht.

Und wenn es Morgen ist, so glänzt das Haus
und alle Träume sehen anders aus...

DIE WEISSE FÜRSTIN

Und sind doch ewig in uns eingewebt.
Bedenk, ist irgend Leben *mehr* erlebt
als deiner Träume Bilder? Und mehr dein?
Du schläfst, allein. Die Türe ist verriegelt.
Nichts kann geschehn. Und doch, von dir gespiegelt,
hängt eine fremde Welt in dich hinein.

Pause.

So lag ich oft. Und draußen war ein Wandern,
da nahte, da entfernte sich ein Schritt;
mir aber wars der Herzschlag eines andern,
der draußen schlug und den ich drinnen litt.
Ich litt ihn, wie ein Tier den Tod erleidet,
ich konnte keinem sagen, was mir war.
Aber am Morgen kämmten sie mein Haar,
und immer wieder ward ich angekleidet
für einen Tag –; mir schien es für ein Jahr.
Mir war, als ob das ganze Leben stände,
solang ich wachte; alles was geschah
fiel mir vorbei den Träumen in die Hände –
jetzt aber weiß ich: es ist dennoch da.
Die Welt ist groß, doch in uns wird sie tief
wie Meeresgrund. Es hat fast nichts zu sagen,
ob einer wachte oder schlief, –
er hat sein ganzes Leben *doch* getragen,
sein Leid wird dennoch *sein*, und es verlief

sein Glück sich nicht. Tief unter schwerer Ruh
geschieht Notwendiges in halbem Lichte,
und endlich kommt, mit strahlendem Gesichte,
sein Schicksal dennoch auf ihn zu.

MONNA LARA

Ich weiß nicht, Schwester, was du sagst. Ich seh
dich nur. Es tut mir alles weh
von dir. Du bist so schwer.
Und doch will ich mehr von dir wissen.
Ich will eine Nacht auf deinem Kissen
schlafen. Ich will am Morgen dein warmes
Haar kämmen – drei Stunden – solang meines Armes
Kraft ist. Ich will dir dienen.

DIE WEISSE FÜRSTIN

Du bist mir nie so erwachsen erschienen.

MONNA LARA

Ich will mit dir weinen –

DIE WEISSE FÜRSTIN

Ich weine nicht. Ich denke an Einen.

MONNA LARA

Denkst du ihn klar?
Ich möchte so gerne an einen denken,
aber ich kann mich in keinen versenken;
jeder zerfließt mir so sonderbar.

DIE WEISSE FÜRSTIN

Ich fühle ihn klarer Jahr um Jahr.
Er hat dich einmal an der Hand gehalten,
(da warst du klein).

Dir war er Gestalt unter großen Gestalten,
mir war er nicht mein.
Aber in einer Nacht, in der einen,
da ich lange und ungestillt
weinte, da bildete sich sein Bild
aus meinen Händen unter dem Weinen.
Und seither wuchs es in mir heran
wie Knaben wachsen;
und ist ein Mann.

MONNA LARA

Das kann also sein: daß man tief vergißt,
um tief zu gedenken...

DIE WEISSE FÜRSTIN

Wir sind des Falles
entfernter Dinge dämmernder Schacht –

MONNA LARA

Und meine Tage? Und Nacht um Nacht?
Und ich soll warten? – Gott, wie ist alles
lange und langsam, was Leben ist.

DIE WEISSE FÜRSTIN

Du liebe kleine Schwester, sei nicht bange;
bedenke, das ist alles unser Traum;
da kann das Kurze lang sein, und das Lange
ist ohne Ende. Und die Zeit ist Raum.

Sie nimmt Monna Laras Haupt in ihre beiden Hände und küßt ihre Stirne mit langer milder Zärtlichkeit. Amadeo, der Alte, der seit einer Weile in der Allee gestanden hat, kommt vorsichtig näher; er verneigt sich.

AMADEO, DER ALTE

Frau Fürstin –

DIE WEISSE FÜRSTIN
Seid Ihr noch nicht fort?
AMADEO, DER ALTE
Verzeiht.
Zum Aufbruch waren wir bereit,
da kam ein Bote in verstaubtem Kleid
mit einem Brief; jetzt wartet er im Saal.
DIE WEISSE FÜRSTIN
Ich will ihn sehn.
AMADEO, DER ALTE *verneigt sich.*
DIE WEISSE FÜRSTIN
Und Monna Lara wird ein andres Mal
zu Euren blonden Enkeln Euch begleiten.
MONNA LARA *zu Amadeo*
Wir wollen einmal früh hinüberreiten
an einem Sommermorgen, Ihr und ich;
mein alter Freund, heut grüß ich sie vom weiten,
ich bin zu traurig und zu feierlich...
AMADEO, DER ALTE *verneigt sich tief.*
Geht in das Haus.
MONNA LARA *nachdenklich lächelnd*
Zu feierlich für Kinder. Und doch Kind.
Nicht wahr? Was sonst. Etwas verwandelt sich,
etwas fällt ab von mir. Doch es beginnt
noch nicht das Nächste. Meine Hände sind
Zugvögel, die zum erstenmal das Meer
hinüberfliegen; da ist keine Stelle.
Und sie versuchen, die und jene Welle
zu merken für den Weg der Wiederkehr –

DIE WEISSE FÜRSTIN *nimmt ihre beiden Hände und betrachtet sie*

Sie scheinen sich allein; doch fliegen Schwärme
desselben Weges zu den heißen Hügeln;
der Himmel liegt auf Millionen Flügeln.
Und alle kommen in die große Wärme.

Indessen ist der Bote schnellen Schrittes in der Allee näher gekommen; da Monna Lara ihn gewahrt, macht sie sich frei und sieht ihm entgegen. Plötzlich, wie in Angst

MONNA LARA

Soll ich hineingehn? Bist du gern allein?

DIE WEISSE FÜRSTIN

Nein. Wenn du gehst, so gehst du nur zum Schein.
Denn was bedeutet es, geht Baum nach Baum
an dir vorbei. Das, was du bist, das rührt sich kaum.
Du bist nicht fort, und ich bin nicht allein.

Der Bote geht auf die Fürstin zu und reicht ihr einen Brief. Er geht hierauf bis an den Anfang der Allee zurück. Die Fürstin öffnet ihn und reicht ihn, ohne zu lesen, Monna Lara; sie lächelt.

DIE WEISSE FÜRSTIN

Ich weiß die Botschaft. Lange. Aber lies.

MONNA LARA *sie liest aufmerksam, fast angestrengt*

Und wenn du winkest… Was bedeutet dies?

DIE WEISSE FÜRSTIN

Daß ich allein bin. Daß ich hier gebiete.
Daß seine Barke landen kann am Strand.
Und daß ich einen, welcher uns verriete,
erwürgen würde: hier, mit dieser Hand.

MONNA LARA *staunend*

So soll er kommen, heute, her? Am Parke
hier wird er landen, wirklich, wie ein Gast?

DIE WEISSE FÜRSTIN

Hast du das nicht gewußt?

MONNA LARA

Es war mir fast,
als ginge heute etwas auf uns zu.

Mit plötzlicher Bewunderung

Du Liebliche, du Wundersame, Starke.

DIE WEISSE FÜRSTIN *in Gedanken*

Er schickt noch einen Brief, das große Kind.
Er muß noch schreiben, dieser liebe Knabe:
›Schau her, ich komme‹ .. Ist mein Blut denn blind?
Und *noch* ein Bote. Hundert Boten habe
ich heute schon empfangen. Duft und Wind,
Gesang und Stille, fernes Wagenrollen,
ein Vogelruf, und du, dein Bleibenwollen –
was war nicht Bote? Wieviel Boten stehn
vor meinem Herzen, – gehn mir im Gehöre
und drängen sich in meinen Adern – ach!
Und er besorgt noch, daß ich ihn verlöre.

MONNA LARA

Ich kann verstehen, daß er tausendfach
sich sichern will. Wenn etwas noch geschähe,
wenn ein Geschick sich wendete und drohte, –
o welche Angst ist diese große Nähe
von Kommendem ...

DIE WEISSE FÜRSTIN

Der Bote.
Er wartet noch, und wir vergessen ihn.

Sie winkt. Der Bote tritt herzu und verneigt sich.

Ihr sollt Euch stärken, Freund. Die Sonne schien
auf Euren Brief. Der Weg war weit und heiß.
Ihr seid aus Lucca?

DER BOTE

Wie Ihr sagt.

DIE WEISSE FÜRSTIN

Ich weiß.
Wie steht es in der Stadt?

DER BOTE

Erlauchte Frau,
grau ist die Stadt. Wie dieser Staub so grau.
Sie steht, als stünde Frohes nicht bevor.
Sie war ganz ohne Stimme, nur am Tor,
da rauften sich die Wachen, da ich ging,
und schrien mich an und fielen nach mir aus.
Ich dankte Gott, daß ich mich nicht verfing
in dieses Hauen. Heil kam ich heraus –

DIE WEISSE FÜRSTIN *läßt sich vorn auf der Bank nieder; während des Folgenden hört sie immer weniger auf die Worte des Boten und versinkt in sich selbst, mit weiten Augen hinausschauend aufs Meer*

Und wandertet, vermut ich, voller Mut
und heil des Weges? War der Weg denn gut?

DER BOTE

Der Weg war gut, erlauchte Frau. Er bot
zwar wenig Schatten. Aber das war besser
als durch die Dörfer kommen. Wie durch Messer
so ging man durch den Aufschrei ihrer Not.
Da ist der Tod, erlauchte Frau, der Tod.
Ich sah ein Haus, in seiner Türe schrie

ein schwangres Weib und riß sich an den Haaren.
Und viele Frauen, die nicht schwanger waren –
das macht die Angst, so denk ich – schrien wie sie.
Und da und dort ging einer mir vorbei
und griff auf einmal so ins Ungewisse
und biß die Luft, und plötzlich durch die Bisse
des blauen Mundes drängte sich ein Schrei.
Ein Schrei, das sagt man so, wer läßt sich stören?
Ich habe viele Männer schreien hören,
und es kam vor, ich habe selbst geschrien;
doch niemals hört ich einen schrein wie ihn.
Ja, es gibt Dinge, die man nicht vergißt: –
da war die Angst, die in den Tieren ist,
die Angst von Weibern, wenn sie irre kreißen,
die Angst von kleinen Kindern war darin, –
und das ergriff ihn, und das warf ihn hin,
und das war so, als müßt es ihn zerreißen.

MONNA LARA *die den Boten starr ansieht, tritt scheu an die Bank zurück. Sie zwingt sich zu sagen*

War das in San Terenzo, was Ihr saht?

DER BOTE

Nein, edles Fräulein. In Vezzano war es.
In San Terenzo war es still. Ich trat
in eine Kirche ein und bat
im Lichte eines einzigen Altares
um gute Reise. Ich war ganz allein.
Doch in Sarzana, in der Kathedrale,
da sangen sie. Was sag ich, singen? Nein,
auch das war Schreien: wie mit einemmale

an Siebenhundert und die Orgel schrien.
Sie knieten, Fräulein. Ihre Hälse waren
wie Stengel vom Rhabarber, stimmenstrotzend.
Die Augen waren bei den Männern glotzend,
wie Munde offen, bei den Frauen zu.
Sogar die Kinder hatten keine Ruh:
wie lange Hälse streckten sie die Arme
und hielten sie wie einen zweiten Mund
aus dem Gedränge, aus dem warmen Schwarme;
erbarme! brüllten sie, erbarme! Und:
erbarme! donnerte im Hintergrund
der breite Bischof vor dem Hochaltare
das Tabernakel an, so daß die klare
Monstranz erzitterte und schien, als sende
sie Blicke aus. Sie aber schrien, es war
als zöge Gott sie an dem obern Ende
der langen Stimmen wie an langem Haar.
Und als ich mich zwischen die andern schob,
empfand ich (noch empfind ichs an den Sohlen),
daß sich die ganze Kathedrale hob –
und wieder senkte, wie ein Atemholen. –
Das war ein Wunder. Wunder tun uns not.
Ihr habt das nicht gesehen, wie der Tod
da kommt und geht, ganz wie im eignen Haus;
und ist nicht *unser* Tod, ein fremder, aus...
aus irgendeiner grundverhurten Stadt,
kein Tod von Gott besoldet...

DIE WEISSE FÜRSTIN *sieht plötzlich auf*

Tod? Was hat er da gesagt?

MONNA LARA

Ich bitte dich, befiehl ihm, daß er ginge.
Mir graut vor ihm, er redet solche Dinge –

DER BOTE

Ein fremder Tod, sag ich, den keiner kennt,
er aber ist bekannt mit einem jeden...

DIE WEISSE FÜRSTIN *sieht Monna Laras Angst*

Verzeih, ich ließ ihn immer weiter reden,
mir klangs von ferne wie ein Instrument.

Sie gewahrt, daß Monna Lara in ihrer Erregung den Brief, den sie immer noch hielt, ganz zerrissen hat. Lächelnd

Und sieh, mein Brief...

MONNA LARA *erschrickt.*

DIE WEISSE FÜRSTIN *ohne Vorwurf*

So leben deine Hände
für sich allein –

zum Boten

Mein guter Freund, es wohnt
im Meierhofe mancher Mann; der stände
Euch besser zu Gehör, daß es sich lohnt.
Hier sind nur Frauen und sind ungewohnt
so ernsthaften Gespräches. Ihr verschont
uns sicher gern, vor allem dieses Kind.

DER BOTE *tritt zurück und verneigt sich*

Verzeiht, erlauchte Frau, ich war wie blind,
daß ich nicht sah, wie es dem Fräulein schadet.
Es riß mich mit, wie schon die Worte sind.
Doch wenn Ihr mich zu *einem* noch begnadet,
so laßt michs sagen.

DIE WEISSE FÜRSTIN

Wenn es mild ist, sprecht.

DER BOTE

Ihr seid so unbewacht. Das ist nicht recht.
Der Park ist offen wie des Herrgotts Land,
und hier am Strande kann ein jeder gehen.
Da denk ich mir, verzeiht, es kann geschehen,
daß diese Hunde kommen; nah von hier
gehn sie schon um. Da sah ich ihrer vier
raubvogelhaft vor einem Haus gespenstern;
sie warten überall und dauern aus,
und winkt man ihnen furchtsam aus den Fenstern,
so kommen sie und holen aus dem Haus,
was Totes da ist: Kinder, Männer, Frauen, –
sie nehmen alles, ohne Unterschied.
Man sagt, daß sie auch nach den Kranken schauen;
doch *wie* sie schauen? Ja, weiß Gott, man sieht
nicht ihr Gesicht. Es geht ein kaltes Grauen
von ihnen aus. Ich könnte keinem trauen.
Das, was sie tun, mag ja barmherzig sein
und christlich gut: sie sorgen für die Toten
und tragen sie heraus, so ists geboten,
was aber tragen sie ins Haus hinein?
Und wenn sie draußen stehn im Feuerschein,
und wenn von ihren hohen Leichenhaufen
aus Rauch und Schauder sich die Flamme hebt,
dann gehn sie in dem Feuer aus und ein.
Es ist, als hätte, wer noch lebt,
die Pflicht, sich von den Brüdern freizukaufen...

DIE WEISSE FÜRSTIN

Das müßt Ihr tun, mein Freund; das Lösegeld
will ich Euch morgen senden. Bleibt zur Nacht
im Meierhofe, dort seid Ihr bewacht
und könnt geruhig schlafen und der Welt
erhalten bleiben. Geht in Gottes Namen.

DER BOTE

Dank und Vergebung, sehr erlauchte Damen,
für meine lästige Beredsamkeit.
Es tut in dieser wunderlichen Zeit
so gut, zu sprechen von der Dinge Lauf.
Dank, und vergeßt nicht, stellet Wachen auf,
besser ist besser; sie sind wie die Kletten
und hängen sich an einen an und betten
den Scheiterhaufen auf, so daß man denkt,
es bliebe einem selber nicht geschenkt,
darauf zu schlafen.

DIE WEISSE FÜRSTIN

Nun, für diesmal mag
Euch noch ein andres Bette wärmen. So.
Nun, hoff ich, seid Ihr auch getrost und froh,
und schlaft Euch Mut zu einem Heimkehrtag.

DER BOTE *verneigt sich tief und geht durch die Allee ab.*

MONNA LARA *die ganz reglos dagestanden hatte, bricht plötzlich in Weinen aus. Die Fürstin zieht sie neben sich auf die Bank, und sie legt ihr weinendes Haupt in den Arm der Schwester.*

DIE WEISSE FÜRSTIN

Mein liebes Kind, bist du erregt? Du mußt
nicht bange sein; das ist Geschwätz, geschart
um feige Furcht, geringe Redensart –

MONNA LARA

Ich habe alles dieses nicht gewußt...
Nun kommt auf einmal alles über mich,
nun bricht es über mich herein, und ich,
ich ahne jetzt erst, daß das Leben droht.
Daß das nicht Leben war, das sanfte Sein,
das sich mir bot, –
wer lebt, ist traurig, hilflos und allein
mit sich, mit Sorge, Angst, Gefahr und Tod.

DIE WEISSE FÜRSTIN

Und wenn ers wäre, meine Freundin, sieh, –
wenn er es ist, wie ich es bin seit Jahren,
glaubst du, die Tage, welche trostlos waren,
dürften mir fehlen in der Melodie
der großen Freude, die ich heute trage?
Sie sagen: Tod, – doch hör, wenn ich es sage:
Tod – ist es dann nicht wie aus anderm Klang?
Nur ausgelöst, vereinzelt macht es bang.
Nimm sie im ganzen – alle, als das Deine
die vielen Worte, nimm sie in Gebrauch: –
nur wo sie alle bis ins Ungemeine
und Große wachsen, wächst das eine auch.

MONNA LARA

Doch nicht um Worte handelt sichs: sie sterben.
Sie sterben, viele. Jetzt und jetzt und jetzt.
Sie ringen noch, sie hoffen bis zuletzt;
noch wenn der Tod die Finger angesetzt,
um sie zu würgen, hoffen sie, gehetzt
von ihrer Angst.

Monna Lara sieht ratlos um sich. Es entsteht eine Stille; die Fürstin schüttelt leise das Haupt.

MONNA LARA *horchend*

Und jetzt!

Sie wirft sich der Fürstin zu Füßen, flehend mit ringenden Händen

O laß uns helfen! Laß uns weiches Linnen
aus deinen Schränken nehmen für die Betten,
und was bereit war für die Wöchnerinnen
an Binden, Hemden, Salben, Amuletten.
Die dichten Tropfen und die leisen Öle,
die Elixiere für das trübe Blut –
o irgend etwas, das in ihrer Höhle
noch niemals war und das ein Wunder tut.
Warum geschieht kein Wunder? Daß ich wüßte,
mit welchem Wort ich *Dich* erreichen kann:
Maria! Warum rührst *Du* sie nicht an?
Wo ist Dein Mund, der *Jesu* Wunden küßte?
Ekelt es Dich? Und willst *Du* nicht geruhn,
ein Wunder an den Stinkenden zu tun, –
so tu's an mir: Gib Milch in meine Brüste,
daß ich sie tränke ...

Monna Lara hat sich knieend zurückgeworfen und hält mit beiden Händen ihre Brüste hin, als wartete sie, daß sie sich füllen sollten. So bleibt sie eine Weile, ihre Spannung steigert sich, bricht ab, und sie fällt vornüber der Fürstin in den Schooß.

DIE WEISSE FÜRSTIN *sie streicht der Knieenden sanft, beruhigend über das Haar und spricht, über sie geneigt, leise, eindringlich*

Wir wollen das Unsrige zu dem Ihren tun. Wir wollen die Falten in ihren weichen Lagern glätten, so daß sie es hätten wie die Kinder der Reichen.

Wir wollen ihnen zureden wie Tieren, daß sie sich nicht scheuen, und selbst alle Scheu verlieren ihretwegen. Ich will mich zu denen legen, die frieren. Ich will die Stirnen der Sterbenden halten. Ich will die Alten reinigen, und ihnen die Bärte über die Decken breiten. Heiter will ich zu den Kindern hinüberschauen und die Frauen erleichtern, und ihre blauen Nägel und ihr Eiter soll mich nicht schrecken. Und ich will für die Toten sorgen –

Pause.

MONNA LARA *hebt das Haupt.*
Sie ist ganz ruhig, fast nüchtern.

DIE WEISSE FÜRSTIN *über sie fortschauend, zögernd*

Von morgen an wird das mein Tagwerk sein –
und meiner langen Nächte Werk.

MONNA LARA

Von morgen?

DIE WEISSE FÜRSTIN

Von morgen, Schwester. Heute bin ich sein,
des Kommenden.
Wie seiner Väter Erbschaft
ihm zugefallen, reich für ihn allein.
Selbst mein Gemahl hat mich für ihn bewahrt;
mit seiner Wildheit übergroßem Jähzorn,
dem keiner wehren könnte, wenn er tobt,
hielt er in Bann der Andern Wort und Art:
der Edelleute, Dichter und des Herzogs.

Pause.

So blieb ich Braut. Dem Weitesten verlobt.

Monna Lara hat sich während der letzten Worte erhoben; sie steht steif und hilflos, fast puppenhaft vor der Fürstin und spricht mit seltsam tonloser Stimme.

MONNA LARA

Und dein Gemahl, der Fürst, lag nie bei dir?

Pause.
Die Fürstin aufs Meer hinausblickend.

DIE WEISSE FÜRSTIN

Er lag bei mir.

Sie erhebt sich; Monna Lara tritt scheu vor ihr zurück.

Wenn abends die Musik
ihn sänftigte, so daß er nichts verlangte,
so bot ich ihm mein Bett. Sein Auge dankte
mir lange. Seine harte Lippe schwieg.
So schlief er ein. Und mir war gar nicht bange.
Nachts saß ich manchmal auf und sah ihn an,
die scharfe Falte zwischen seinen Brauen,
und sah: jetzt träumte er von andern Frauen
(vielleicht von jener blonden Loredan,
die ihn so liebte) – träumte nicht von mir.
Da war ich frei. Da sah ich stundenlang
fort über ihn durch hohe Fensterbogen:
das Meer, wie Himmel, weit und ohne Wogen,
und etwas Klares, welches langsam sank;
was keiner sieht und sagt: Monduntergang.
Dann kam ein frühes Fischerboot gezogen
im Raum und lautlos wie der Mond. Das Ziehn
von diesen beiden schien mir so verwandt.
Mit einem senkte sich der Himmel näher,

und durch das andre ward die Weite weit.
Und ich war wach und frei und ohne Späher
und eingeweiht in diese Einsamkeit.
Mir war, als ginge dieses von mir aus,
was sich so traumhaft durch den Raum bewegte.
Ich streckte mich, und wenn mein Leib sich regte,
entstand ein Duft und duftete hinaus.
Und wie sich Blumen geben an den Raum,
daß jeder Lufthauch mit Geruch beladen
von ihnen fortgeht, – gab ich mich in Gnaden
meinem Geliebten in den Traum.
Mit diesen Stunden hielt ich ihn.

Pause.

Es gab
auch andre Stunden, da ich ihn verlor.
Wenn ich drin wachte und *er* stand davor,
vielleicht bereit, die Türe einzudrücken, –
dann war ich Grab: Stein unter meinem Rücken
und selber hart wie eine Steinfigur.
Wenn meine Züge einen Ausdruck hatten,
so war das nur der Ampel Schein und Schatten
auf einer inhaltlosen Meißelspur.
So lag ich, Bild von einer welche war,
auf meines Lagers breitem Sarkophage,
und die Sekunden gingen: Jahr und Jahr.
Und unter mir und in derselben Lage
lag meine Leiche welk in ihrem Haar.

Pause.

Monna Lara tritt zur Fürstin und umfaßt sie leise.

DIE WEISSE FÜRSTIN

Sieh, so ist Tod im Leben. Beides läuft
so durcheinander, wie in einem Teppich
die Fäden laufen; und daraus entsteht
für einen, der vorübergeht, ein Bild.
Wenn jemand stirbt, das nicht allein ist Tod.
Tod ist, wenn einer lebt und es nicht weiß.
Tod ist, wenn einer gar nicht sterben kann.
Vieles ist Tod; man kann es nicht begraben.
In uns ist täglich Sterben und Geburt,
und wir sind rücksichtslos wie die Natur,
die über beidem dauert, trauerlos
und ohne Anteil. Leid und Freude sind
nur Farben für den Fremden, der uns schaut.
Darum bedeutet es für uns so viel,
den Schauenden zu finden, ihn, der sieht,
der uns zusammenfaßt in seinem Schauen
und einfach sagt: ich sehe das und das,
wo andere nur raten oder lügen.

MONNA LARA

Ja, ja, das ists. Ein solcher muß es sein,
sonst wird das namenlose Bild zu schwer.

Kleine Pause.

Dir kommt er heut...

Kleine Pause.

Wie aber konntest du's
so lange tragen? Ich vermags kaum mehr.
Wenn ich mir denke, daß ich noch ein Jahr
herumgehn soll mit unerklärtem Blut,

unausgeruht, – von meinem eignen Haar
hochmütig übersehen wie ein Kind,
allein und blind inmitten meiner Brände,
sogar den Hunden neu und wie versagt,
mir selbst so fremd, daß mich die eignen Hände
anrühren wie die Hände einer Magd ...:
wenn ich ein Jahr noch also leben soll,
so werf ich mich nach diesem einen Jahre
einem Bedienten in den Weg wie toll
und fleh ihn an, daß er mir das erspare.
Wie trugst du das?

DIE WEISSE FÜRSTIN

Mein Blut war übervoll.
Oft rief es laut, daß ich davon erwachte,
mich weinend fand und in die Stille lachte
und in mein Kissen biß, bis es zerriß.
In einer solchen Nacht – ich weiß noch – schmolz
von seines Kreuzes Ebenholz
mein Christus los;
so groß war meine Glut: ...
die Arme offen lag er über mir.

MONNA LARA

Und dennoch war so tiefe Kraft in dir.

DIE WEISSE FÜRSTIN

Das war nicht Kraft. Geiz war es, Habsucht war es,
womit ich alle Gluten jedes Jahres
aufsparte für den späten Hochzeitstag.
Nun ist er da. Mit tausendfachem Schlag
schlägt mir das Herz. Der Wurzeln letzte Süße

ist in mich eingegangen; ich bin reif.
Mein Haupt ist schön, und unter meine leichten Füße
schiebt sich die Erde wie ein Wolkenstreif.
– –
Und morgen darf ich altern.

MONNA LARA
Du bist jung –

DIE WEISSE FÜRSTIN *zärtlich lächelnd*
Jugend ist nur Erinnerung
an einen, der noch nicht kam.
Sie faßt die Schwester mit beiden Händen an den Schultern.
Auch du wirst sparen für den Bräutigam.
Denn deine Ungeduld ist Übergang.
Lang ist das Leben.
Pause.

MONNA LARA *bewundernd*
Glanz geht von dir aus
und eine Stärke wie von Königinnen.

DIE WEISSE FÜRSTIN *sieht aufgerichtet zurück nach dem Palast*
Die Sonne sinkt und spiegelt sich im Haus.
Nun will ich warten, und dann will ich winken.

MONNA LARA
Winktest du nicht?

DIE WEISSE FÜRSTIN
So hieße das: uns droht
Gefahr.

MONNA LARA *mit geschlossenen Augen, traumhaft schmerzlich*
Er führe wie das frühe Fischerboot

vorüber von dem rechten Rand zum linken.

Sie reißt wie in Angst die Augen auf

Aber du winkst?!

DIE WEISSE FÜRSTIN *glücklich*

Wenn dort das Meer verloht,
so wink ich aufrecht in das Abendrot.
Das Haus ist leer –

MONNA LARA

Still! Waren das nicht Schritte?

DIE WEISSE FÜRSTIN *horcht einen Augenblick*

Nein; komm zur Terrasse. Man sieht von der Mitte
so weit ins Meer.

Sie gehen, sich umfaßt haltend, langsam durch die Platanen-Allee.
Das Meer atmet langsamer und schwerer.
Als die Fürstin einmal stehen bleibt und zurücksieht,
sagt

MONNA LARA *wie einen Kindervers*

Nun kannst du nicht gehen und Linnen
verschenken
und Öl und Salbe und Spezerei,
mußt an dein eigenes Bette denken,
daß es bereitet und selig sei.

DIE WEISSE FÜRSTIN *nickt ernsthaft im Weitergehen. – Ein Stück weiter faßt Monna Lara die Fürstin an der Hand. Sie bleiben beide stehen, die Fürstin sieht wieder nach dem Meer.*

MONNA LARA

Glaubst du, kann ich dir dein Lager rüsten
und das Becken in das du dein Antlitz tauchst?
Mir ist als ob meine Hände wüßten
Alles was du heute brauchst.

Die Fürstin nickt, und sie gehen wieder ein Stück weiter; so kommen sie auf die Stufen der Terrasse und bleiben wieder stehen.

MONNA LARA *kniet plötzlich nieder*

Ich will dich betten. Ich will dir dienen.
Alles Meine ist zu dir treu –

Die weiße Fürstin hebt sie leise empor, faßt ihr Gesicht mit beiden Händen und sieht hinein.

DIE WEISSE FÜRSTIN

Deine Augen sind tief und neu.
Ich sehe mein ganzes Glück in ihnen.

Sie küßt sie auf den Mund. Monna Lara macht sich schnell los und eilt ins Haus hinein.
Die Fürstin schreitet jetzt die letzten Stufen empor, wendet sich und sieht in großem Erwarten auf das Meer hinaus. –
Nach einer Weile erscheint Monna Lara, einen silbernen Spiegel tragend, den sie, indem sie niederkniet, der Fürstin vorhält.
Langsam ordnet die Fürstin ihr schweres Haar.

MONNA LARA *unter dem Spiegel, leise*

Jetzt ist er in mir wiedergekommen.
Er hat mich einmal an der Hand genommen.
Jetzt fühl ich es wieder in meiner Hand.
Sieh, so hab ich ihn doch gekannt...

Die Fürstin lächelt in den Spiegel hinein, zerstreut hinhörend.
Gleich darauf richtet sie sich, ausblickend, auf.

MONNA LARA

Jetzt geht die Sonne ins Meer.

Sie eilt ins Haus zurück.
Pause.

Die weiße Fürstin steht jetzt allein, aufrecht und in gespanntem Schauen, auf der Terrasse. Die Villa hinter ihr wird immer strahlender (als leuchtete ein großes Fest darin) vom Widerschein der sinkenden Sonne. Da erkennt die Fürstin, nach rechts blickend, etwas Fernes. Sie langt einmal flüchtig nach der Gürteltasche, wie um zum Winken bereit zu sein. Dann wartet sie. Endlich hört man Ruderschläge, die näher kommen. Während die Fürstin der Bewegung draußen mit ihrem ganzen Wesen folgt, ist den Strand entlang von rechts (vom Zuschauer aus gemeint) ein Frater der Misericordia, die schwarze Maske vor dem Gesicht, aufgetreten und bis an den Anfang der Allee gegangen. Ihm folgt ein zweiter. Sie sehen beide nach dem Haus und flüstern miteinander. Jetzt, da die Fürstin mit einer schnellen Gebärde nach ihrem Tuche greift, rühren sich beide, und der erste Mönch macht einige rasche Schritte vorwärts. Dann zögert er, wendet sich nach seinem Gefährten zurück, steht still. Die weiße Fürstin hat ihn bemerkt. Von diesem Augenblick an sieht sie nur ihn; ihre Gestalt erstarrt in Schrecken, sie verliert das Meer aus den Augen, aus dem Bewußtsein, während jetzt ganz laut die Ruderschläge von dort, langsam, zögernd, vernehmbar sind. Die Fürstin macht eine große Anstrengung, den entsetzlichen Bann zu brechen und dennoch zu winken. Eine Weile dauert dieser Kampf. Bei einer ihrer schweren, mühsamen Bewegungen macht der zweite Bruder ein paar Schritte, so daß er jetzt fast neben dem ersten in der Allee steht. – Die Fürstin rührt sich nicht mehr. Die Fronte der Villa beginnt zu verlöschen. Das Boot muß vorbeigefahren sein; leiser, ferner und ferner verliert sich der Ruderschlag in dem schweren Branden des fast nächtlichen Meeres.

Da, als man ihn eben noch unterscheiden kann, wird oben im Haus der Vorhang von einem der hohen Bogenfenster fortgerissen, und etwas Helles, Schlankes erscheint, fast wie die Figur eines Kindes, und winkt. Winkt erst rufend; hält einen Augenblick ein und winkt dann anders: schwer und langsam, in zögernden Zügen, wie man zum Abschied winkt.

Vorhang

ZU DIESER AUSGABE

Der Text der vorliegenden Ausgabe folgt dem 1955 im Insel Verlag erschienenen, erstmals textkritisch durchgesehenen Abdruck der *Frühen Gedichte* und *Die weiße Fürstin* im ersten Band *Rainer Maria Rilke, Sämtliche Werke*, herausgegeben vom Rilke-Archiv, in Verbindung mit Ruth Sieber-Rilke, besorgt durch Ernst Zinn, Seite 143-231.

Bei der Edition *Die frühen Gedichte* handelt es sich um die zweite, um die Jahreswende 1908/1909 stark überarbeitete, im Mai 1909 erschienene Ausgabe des Buches *Mir zur Feier*, das größtenteils zwischen November 1897 und Ende 1898 entstanden und zu Weihnachten 1899 erschienen war – vereinigt mit dem szenischen Gedicht *Die weiße Fürstin*, in der zweiten, endgültigen Fassung von 1904. Keim der Erfindung dieses szenischen Gedichts: 22. Mai 1898, Viareggio. Erste Fassung: Wahrscheinlich Sommer oder Herbst 1898; abgedruckt im *Pan* V, 4, 1899/1900, umgeschrieben im November 1904 in Schweden, abgeschlossen am 18. November 1904 auf Furuborg.

ALPHABETISCHES VERZEICHNIS
DER GEDICHTANFÄNGE
UND ÜBERSCHRIFTEN

ZEITTAFEL

1875 Am 4. Dezember in Prag geboren. Eltern: Josef Rilke und Sophie (Phia), geb. Entz.

1882 Eintritt in die von Piaristen geleitete Deutsche Volksschule.

1886 Als ›Landesstipendiat‹ in die Militärunterrealschule von St. Pölten. Die Eltern trennen sich.

1890 Militäroberrealschule Mährisch-Weißkirchen.

1891 Ende der Militärschulzeit, Besuch der Handelsakademie in Linz.

1892 Private Vorbereitung zum Abitur in Prag.

1894 »Leben und Lieder«.

1895 Abitur. Beginn des Studiums in Prag. Mitarbeit an vielen Zeitschriften; »Wegwarten«, »Larenopfer«.

1896 Studium in München. Wilhelm v. Scholz, Wassermann.

1897 Begegnung mit Lou Andreas-Salomé, im Herbst Fortsetzung des Studiums in Berlin: George und die Brüder Carl und Gerhart Hauptmann. »Traumgekrönt«, das Drama »Im Frühfrost« wird in Prag aufgeführt.

1898 Berlin, Florenz, Zoppot, Berlin. »Advent«, »Am Leben hin«.

1899 Berlin. Wien: Schnitzler, Hofmannsthal. Um Ostern erste russische Reise mit dem Ehepaar Andreas. Besuche bei Leonid Pasternak und Tolstoi in Moskau. »Mir zur Feier«.

1900 Zweite Reise nach Rußland mit Lou Andreas-Salomé. Besuch bei Tolstoi in Jasnaja Poljana, Moskau, Kiew, Wolgafahrt, Petersburg. Nach der Rückkehr Einladung Heinrich Vogelers nach Worpswede, Begegnung mit Paula Becker und Clara Westhoff. »Vom lieben Gott und Anderes« (Novellen).

1901 Heirat mit der Bildhauerin Clara Westhoff, Wohnsitz Westerwede. Geburt der Tochter Ruth. »Das tägliche Leben« wird in Berlin aufgeführt.

1902 Westerwede, Haseldorf, Paris. »Worpswede« (Monographie), »Das Buch der Bilder«, »Die Letzten« (Erzählungen).

1903 Paris: bei Rodin, Arbeit an der Monographie »Auguste Rodin«. Viareggio, Worpswede, Rom.

1904 Rom. Kopenhagen, Süd-Schweden; Oberneuland bei Bremen. »Geschichten vom lieben Gott«, Neuausgabe der Erzählungen von 1900.

1905 Oberneuland, Dresden, Göttingen, Berlin: S. Fischer, Friedelhausen (Hessen). Zu Rodin nach Meudon bei Paris. Erste Vortragsreise. »Das Stunden-Buch«.

1906 Paris. Zweite Vortragsreise, Tod des Vaters in Prag. Trennung von Rodin. Reise nach Flandern und in Deutschland. Capri. »Das Buch der Bilder«, erweiterte Neuausgabe, »Die Weise von Liebe und Tod des Cornets Christoph Rilke«.

1907 Capri. Paris, dritte Vortragsreise, Wien: Rudolf Kassner. Venedig. Oberneuland. »Neue Gedichte«, »Auguste Rodin«, erweiterte Neuausgabe.

1908 Oberneuland. Capri. Paris: Verhaeren, Gide. »Der Neuen Gedichte anderer Teil«, »Elizabeth Barrett-Brownings Sonette nach dem Portugiesischen« Übertragung.

1909 Paris. Reisen in die Provence. Bad Rippoldsau. Paris: Begegnung mit der Fürstin Marie von Thurn und Taxis. »Requiem«, »Die frühen Gedichte«.

1910 Paris. Vortrag in Elberfeld, Besuch bei Kippenberg; Jena, Weimar, Berlin. Rom. Schloß Duino bei Triest. Oberneuland. Besuch der Fürstin Taxis in Lautschin und S. v. Nádhernýs in Janovič in Böhmen. Paris, Reise nach Nordafrika: Algier, Tunis. »Die Aufzeichnungen des Malte Laurids Brigge«.

1911 Neapel. Ägypten, Nilfahrt bis Assuan. Venedig, Paris. Besuch in Deutschland. Paris. Winter 1911/12: auf Schloß Duino. »Maurice de Guérin: Der Kentauer« Übertragung.

1912 Erste Elegien in Duino. Venedig: Eleonora Duse. München, Paris, Reise nach Spanien: Winter 1912/13 in Toledo und Ronda. »Die Liebe der Magdalena« Übertragung.

1913 Ronda, Madrid, Paris. Reisen in Deutschland: Werfel. Paris. »Das Marien-Leben«, »Erste Gedichte«, »Portugiesische Briefe« Übertragung.

1914 Paris. Berlin, Paris, Duino, Paris. Bei Kriegsausbruch in Deutschland, verliert R. seine Habe in Paris. Leipzig, München, Berlin. »André Gide: Die Rückkehr des verlorenen Sohnes« Übertragung.

1915 München, wo auch Clara und Ruth R. leben, wird R.s Wohnsitz. Zum Freundeskreis gehören Loulou Albert-Lasard, Regina Ullmann, Annette Kolb, Hellingrath, Hausenstein, Carossa. Begegnung mit Walther Rathenau. November: Musterung und Einberufung. Berlin, Wien.

1916 Wien. Januar bis Juni Militärdienst, seit Februar im Kriegsarchiv. Rodaun: Umgang mit Hofmannsthal, Zweig, Kassner. München.

1917 München. Berlin: Graf Kessler, Richard von Kühlmann. München: Hofmannsthal.

1918 München: Wiedersehen mit Kippenberg, Beziehungen zu Eisner und Toller. »Die vierundzwanzig Sonette der Louïze Labé« Übertragung.

1919 München: Besuch Lou Andreas-Salomés. Juni: Vortragsreise in die Schweiz. Zürich, Winterthur: Die Brüder Reinhart, Begegnung mit Nanny Wunderly-Volkart. Genf, Soglio. Locarno. »Ur-Geräusche«.

1920 Locarno. Basel und Schönenberg bei Basel: Familien Burckhardt und von der Mühll. Wiedersehen mit der Fürstin Taxis in Venedig. Genf: Baladine Klossowska. Paris. Berg am Irchel.

1921 Berg: Lese-Begegnung mit Paul Valéry. Von Sierre aus Entdekkung des Château de Muzot.

1922 Château de Muzot: im Februar Vollendung der »Duineser Elegien«, Niederschrift der »Sonette an Orpheus«. Besucher: Fürstin Taxis, Kippenbergs. In Deutschland Heirat Ruth Rilkes.

1923 Muzot. Reisen in der Schweiz, Arbeit an den Valéry-Übertragungen. »Duineser Elegien«, »Die Sonette an Orpheus«.

1924 Valmont sur Territet: Erster Klinik-Aufenthalt. Gedichte in französischer Sprache. Muzot: Besucher: Paul Valéry, Clara R.-Westhoff. Mit der Fürstin in Bad Ragaz. Lausanne, Muzot, Valmont.

1925 Valmont. Von Januar bis August: Paris. Ragaz, Bern, Muzot: R. schreibt sein Testament und verbringt seinen 50. Geburtstag allein in Muzot. Valmont. »Paul Valéry: Gedichte« Übertragung.

1926 Valmont bis Anfang Juni. Muzot, Ragaz, Lausanne, Anthy:

Treffen mit Valéry. Muzot. »Vergers«, ein französischer Gedichtband, erscheint. 30. November: Valmont. 29. Dezember: R. stirbt an Leukämie.

1927 Am 2. Januar Beisetzung in Raron. »Les Roses«, »Les Fenêtres«, »Paul Valéry: Eupalinos oder Über die Architektur...« Übertragung. »Gesammelte Werke«, Bd. 1-6.

INHALT

Frühe Gedichte

Engellieder

Mädchen-Gestalten

Lieder der Mädchen

Gebete der Mädchen zur Maria

Rilke im Insel Verlag

Sämtliche Werke

Herausgegeben vom Rilke-Archiv. In Verbindung mit Ruth Sieber-Rilke besorgt durch Ernst Zinn. Ausgabe in 6 Bänden. Band I: Erste Gedichte. Die frühen Gedichte. Die weiße Fürstin. Die Weise von Liebe und Tod des Cornets Christoph Rilke. Das Stunden-Buch. Das Buch der Bilder. Neue Gedichte. Der Neuen Gedichte anderer Teil. Requiem. Das Marien-Leben. Duineser Elegien. Die Sonette an Orpheus. Band II: Verstreute und nachgelassene Gedichte aus den Jahren 1906–1926. Gedichte in französischer Sprache. Band III: Leben und Lieder (1894). Christus-Visionen (1896). Dir zur Feier (1898). Frühwerke in ursprünglicher Gestalt. Jugendgedichte aus dem Nachlaß (bis 1905). Band IV: Frühe Erzählungen und Dramen (1893–1902). Band V: Worpswede. Rodin. Besprechungen, Aufsätze und Betrachtungen (1893–1905). Band VI: Malte Laurids Brigge, Kleine Schriften (1906–1926), ›Gedichte in Prosa‹ und Verwandtes.

- Werkausgabe in 12 Bänden. Herausgegeben von Ernst Zinn.
- Geschenkausgabe in 6 Bänden. Einleitung Beda Allemann. Dekorüberzug im Schmuckschuber.

Einzelausgaben

- Aus dem Nachlaß des Grafen C.W. Ein Gedichtkreis.
- Ausgesetzt auf den Bergen des Herzens. Gedichte aus den Jahren 1906–1926. it 98
- Ausgewählte Gedichte. Mit Illustrationen von Max Slevogt. Faksimile-Ausgabe. Halbpergament.
- Briefe an eine junge Frau. IB 409
- Briefe an einen jungen Dichter. IB 406
- Briefe an Axel Juncker. Herausgegeben von Renate Scharffenberg.
- Briefe an Gräfin Sizzo 1921–1926. Herausgegeben von Ingeborg Schnack.
- Briefe an Sidonie Nádherný von Borutin. Herausgegeben von Bernhard Blume.
- Briefe an Nanny Wunderly-Volkart 1919 bis 1926. Im Auftrag der Schweizerischen Landesbibliothek unter Mitarbeit von Nikolaus Bigler, besorgt durch Rätus Luck. 2 Bde.
- Briefe in einem Band. Herausgegeben vom Rilke-Archiv. In Verbindung mit Ruth Sieber-Rilke besorgt durch Karl Altheim. 2. Auflage mit revidiertem Register. Vollständige Neuausgabe der früher zweibändigen Ausgabe.

- Briefe über Cézanne. Herausgegeben von Clara Rilke und mit einem Nachwort von H.W. Petzet. Bibliophile Ausgabe mit 16 farbigen Bildtafeln in limitierter Auflage. Im Schmuckschuber. – it 672
- Briefwechsel in Gedichten mit Erika Mitterer.
- Briefwechsel mit Lou Andreas-Salomé.
- Briefwechsel mit Anita Forrer 1920–1926. Herausgegeben und erläutert von Magda Kerényi.
- Briefwechsel mit Hugo von Hofmannsthal. Herausgegeben und erläutert von Rudolf Hirsch und Ingeborg Schnack. Mit Faksimiles der Handschriften und einem Namensregister.
- Briefwechsel mit Inga Junghanns. Herausgegeben von Wolfgang Herwig. Mir einem Nachwort des Herausgebers, ausführlichen Anmerkungen, Personenregister.
- Briefwechsel mit Katharina Kippenberg.
- Briefwechsel mit Helene von Nostitz. Herausgegeben von Oswalt von Nostitz.
- Briefwechsel mit Marina Zwetajewa und Boris Pasternak. Herausgegeben von Jewgenij Pasternak, Jelena Pasternak und Konstantin M. Asadowskij. Aus dem Russischen von Heddy Pross-Weerth.
- Das Buch der Bilder. it 26
- Das Marien-Leben. IB 43
- Das Stunden-Buch. Gedichte. – Mit einer Titelzeichnung von W. Tiemann.
- Das Tagebuch Goethes und Rilkes Sieben Gedichte. Erläutert von Siegfried Unseld. IB 1000
- Das Testament. Faksimile der Handschrift.
- Der ausgewählten Gedichte erster Teil. IB 400
- Der ausgewählten Gedichte anderer Teil. IB 480
- Die Aufzeichnungen des Malte Laurids Brigge. – it 630.
- Die Dame mit dem Einhorn. Herausgegeben und mit einem Nachwort von Egon Olessak. Mit zwölf farbigen Abbildungen. IB 1001
- Die drei Liebenden. Die Liebe der Magdalena. Portugiesische Briefe – Die Briefe der Marianna Alcoforado – Die vierundzwanzig Sonette der Louïze Labé. it 355
- Die Sonette der Louïze Labé. Lyoneserin 1555. Aus dem Französischen übertragen von Rainer Maria Rilke. IB 222
- Die Weise von Liebe und Tod des Cornets Christoph Rilke. IB 1
- Duineser Elegien.
- Duineser Elegien. Sonette an Orpheus.
- Gedichte. Aus den Jahren 1902 bis 1917. Mit Illustrationen von Max Slevogt. it 701
- Geschichten vom lieben Gott. – it 43. 1973.
- Neue Gedichte und Der neuen Gedichte anderer Teil. it 49

- Requiem. Für eine Freundin. Für Wolf Graf von Kalckreuth. Auf den Tod eines Knaben. IB 30
- Sämtliche Gedichte in französischer Sprache. Herausgegeben im Auftrag des Rilke-Archivs von Ernst Zinn und Karin Wais.
- Tagebücher aus der Frühzeit.
- Über den jungen Dichter und andere kleine Schriften aus den Jahren 1906 bis 1926 in zeitlicher Folge. it 340
- Übertragungen. Herausgegeben von Ernst Zinn und Karin Wais.
- Wladimir, der Wolkenmaler und andere Erzählungen, Skizzen und Betrachtungen aus den Jahren 1893–1904. Ausgewählt und zusammengestellt von Volker Michels. it 68
- Zwei Prager Geschichten. Herausgegeben von Josef Mühlberger. Mit Illustrationen von Emil Orlik. it 235

Chronik von Rilkes Leben und Werk. Von Ingeborg Schnack. 2 Bde.

Rilkes Leben und Werk im Bild. Von Ingeborg Schnack. Mit einem biographischen Essay von J. R. von Salis.
- it 35.

Katalog der Rilke-Sammlung Richard von Mises. Bearbeitet und herausgegeben von Paul Obermüller und Herbert Steiner unter Mitarbeit von Ernst Zinn.

Romane, Erzählungen, Prosa

Hans Christian Andersen. Glückspeter
Mit Scherenschnitten von Alfred Thon. it 643

Bettina von Arnim. Bettina von Arnims Armenbuch
Herausgegeben von Werner Vordtriede. it 541
– Dies Buch gehört dem König
Herausgegeben von Ilse Staff. it 666
– Die Günderode
Mit einem Essay von Christa Wolf. it 702

Apuleius. Der goldene Esel
Mit Illustrationen von Max Klinger zu »Amor und Psyche«. Aus dem Lateinischen von August Rode. Mit einem Nachwort von Wilhelm Haupt. it 146

Jane Austen. Emma
Aus dem Englischen von Charlotte Gräfin von Klinckowstroem. it 511

Honoré de Balzac. Die Frau von dreißig Jahren
Deutsch von W. Blochwitz. it 460
– Das Mädchen mit den Goldaugen
Aus dem Französischen von Ernst Hardt. Vorwort Hugo von Hofmannsthal. Illustrationen Marcus Behmer. it 60

Joseph Bédier. Tristan und Isolde
Roman. Deutsch von Rudolf G. Binding. Mit Holzschnitten von 1484. it 387

Harriet Beecher-Stowe. Onkel Toms Hütte
In der Bearbeitung einer alten Übersetzung herausgegeben und mit einem Nachwort versehen von Wieland Herzfelde. Mit 27 Holzschnitten von George Cruikshank aus der englischen Ausgabe von 1852. it 272

Ambrose Bierce. Aus dem Wörterbuch des Teufels
Auswahl, Übersetzung und Nachwort von Dieter E. Zimmer. it 440
– Mein Lieblingsmord
Erzählungen. Aus dem Amerikanischen von G. Günther. it 39

Die Blümlein des heiligen Franziskus von Assisi
Aus dem Italienischen nach der Ausgabe der Tipografia Metastasio, Assisi 1901, von Rudolf G. Binding. Mit Initialen von Carl Weidemeyer. it 48

Romane, Erzählungen, Prosa

Blumenschatten hinter dem Vorhang. Von Ting Yao Kang. Aus dem Chinesischen übertragen und mit einem Nachwort versehen von Franz Kuhn. Mit 18 Holzschnitten. it 744

Giovanni di Boccaccio. Das Dekameron
Hundert Novellen. Ungekürzte Ausgabe. Aus dem Italienischen von Albert Wesselski und mit einer Einleitung versehen von André Jolles. Mit venezianischen Holzschnitten. Zwei Bände. it 7/8

Hermann Bote. Ein kurzweiliges Buch von Till Eulenspiegel aus dem Lande Braunschweig. Wie er sein Leben vollbracht hat. Sechsundneunzig seiner Geschichten.
Herausgegeben, in die Sprache unserer Zeit übertragen und mit Anmerkungen versehen von Siegfried H. Sichtermann. Mit zeitgenössischen Illustrationen. it 336

Clemens Brentano. Gedichte, Erzählungen, Briefe
Herausgegeben von Hans Magnus Enzensberger. it 557

Emily Brontë. Die Sturmhöhe
Aus dem Englischen von Grete Rambach. it 141

Giordano Bruno. Das Aschermittwochsmahl
Übersetzt von Ferdinand Fellmann. Mit einer Einleitung von Hans Blumenberg. it 548

Gottfried August Bürger. Wunderbare Reisen zu Wasser und zu Lande. Feldzüge und lustige Abenteuer des Freiherrn von Münchhausen
Mit Holzschnitten von Gustave Doré. it 207

Hans Carossa. Eine Kindheit. it 295
– Verwandlungen einer Jugend. it 296

Lewis Carroll. Geschichten mit Knoten
Herausgegeben und übersetzt von W. E. Richartz. Mit Illustrationen von Arthur B. Frost. it 302
– Alice im Wunderland
Mit 42 Illustrationen von John Tenniel. Übersetzt und mit einem Nachwort versehen von Christian Enzensberger. it 42
– Alice hinter den Spiegeln
Mit Illustrationen von John Tenniel. Übersetzt von Christian Enzensberger. it 97

Romane, Erzählungen, Prosa

Lewis Carroll. Briefe an kleine Mädchen
Aus dem Englischen übersetzt und herausgegeben von Klaus Reichert. Mit Fotografien des Autors. it 172

Miguel de Cervantes Saavedra. Der scharfsinnige Ritter Don Quixote von der Mancha
Mit einem Essay von Iwan Turgenjew und einem Nachwort von André Jolles. Mit Illustrationen von Gustave Doré. 3 Bände. it 109

Adelbert von Chamisso. Peter Schlemihls wundersame Geschichte
Nachwort von Thomas Mann. Illustriert von Emil Preetorius. it 27

Matthias Claudius. Der Wandsbecker Bote
Mit einem Vorwort von Peter Suhrkamp und einem Nachwort von Hermann Hesse. it 130

James Fenimore Cooper. Die Lederstrumpferzählungen
In der Bearbeitung der Übersetzung von E. Kolb durch Rudolf Drescher. Mit Illustrationen von O. C. Darley. Vollständige Ausgabe. 5 Bände in Kassette.
Der Wildtöter · Der letzte Mohikaner · Der Pfadfinder · Die Ansiedler · Die Prärie. – it 760

Alphonse Daudet. Montagsgeschichten
Aus dem Französischen von Eva Meyer. it 649
– Briefe aus meiner Mühle
Aus dem Französischen von Alice Seiffert. Mit Illustrationen. it 446
– Tartarin von Tarascon. Die wunderbaren Abenteuer des Tartarin von Tarascon. Mit Zeichnungen von Emil Preetorius. it 84

Daniel Defoe. Moll Flanders. Herausgegeben und mit einem Essay versehen von Norbert Kohl. it 707
– Robinson Crusoe. Mit Illustrationen von Ludwig Richter. it 41

Deutsche Künstlernovellen des 19. Jahrhunderts
Herausgegeben von Jochen Schmidt. it 656

Charles Dickens. David Copperfield. Mit Illustrationen von Phiz. it 468
– Große Erwartungen. Aus dem Englischen von Margit Meyer. Mit Illustrationen von F. W. Pailthorpe. it 667
– Der Raritätenladen. Aus dem Englischen von Leo Feld. Mit Illustrationen von Cruikshank u.a. it 716

Romane, Erzählungen, Prosa

Charles Dickens. Oliver Twist
Aus dem Englischen von Reinhard Kilbel. Mit einem Nachwort von Rudolf Marx und 24 Illustrationen von George Cruikshank. Vollständige Ausgabe. it 242
– Weihnachtserzählungen
Mit Illustrationen von Cruikshank u. a. it 358

Denis Diderot. Die Nonne
Mit einem Nachwort von Robert Mauzi. Der Text dieser Ausgabe beruht auf der ersten deutschen Übersetzung von 1797. it 31
– Erzählungen und Gespräche
Aus dem Französischen von Katharina Scheinfuß. it 554

Die drei Reiche. Roman. Aus dem Chinesischen von Franz Kuhn. Mit 24 Holzschnitten. it 585

Fjodor M. Dostojewski. Der Idiot. Aus dem Russischen von Hermann Röhl. Mit einem Nachwort von Hermann Hesse. it 740
– Schuld und Sühne. Roman in sechs Teilen. Aus dem Russischen von Hermann Röhl. Illustrationen von Theodor Eberle. it 673
– Der Spieler. Aus den Erinnerungen eines jungen Mannes. Aus dem Russischen von Hermann Röhl. it 515

Annette von Droste-Hülshoff. Bei uns zulande auf dem Lande. Prosaskizzen. Herausgegeben von Otto A. Böhmer. it 697
– Die Judenbuche. Ein Sittengemälde aus dem gebirgichten Westfalen. Mit Illustrationen von Max Unold. it 399

Alexandre Dumas. Der Graf von Monte Christo. Bearbeitung einer alten Übersetzung von Meinhard Hasenbein. Mit Illustrationen von Pavel Brom und Dagmar Bromova. Zwei Bände. it 266
– Die Kameliendame. Aus dem Französischen von Walter Hoyer. Mit Illustrationen von Paul Garvani. it 546

Joseph Freiherr von Eichendorff. Aus dem Leben eines Taugenichts Mit Illustrationen von Adolf Schrödter und einem Nachwort von Ansgar Hillach. it 202
– Novellen und Gedichte. Herausgegeben von Hermann Hesse. it 360

Romane, Erzählungen, Prosa

Eisherz und Edeljaspis
Aus dem Chinesischen von Franz Kuhn. Mit Holzschnitten einer alten chinesischen Ausgabe. Mit einem Nachwort und Anmerkungen von Franz Kuhn. it 123

Paul Ernst. Der Mann mit dem tötenden Blick und andere frühe Erzählungen. Herausgegeben von Wolfgang Promies. it 434

André Ficus/Martin Walser. Heimatlob
Ein Bodenseebuch. it 645

Harry Fielding. Die Geschichte des Tom Jones, eines Findlings
Mit Stichen von William Hogarth. it 504

Gustave Flaubert. Bouvard und Pécuchet
Mit einem Vorwort von Victor Brombert und einem Nachwort von Uwe Japp. Mit Illustrationen von András Karakas. it 373
– Die Versuchung des heiligen Antonius
Aus dem Französischen übersetzt von Barbara und Robert Picht. Mit einem Nachwort von Michel Foucault. it 432
– Lehrjahre des Gefühls
Geschichte eines jungen Mannes, übertragen von Paul Wiegler. Mit einem Essay »zum Verständnis des Werkes« und einer Bibliographie von Erich Köhler. it 276
– Madame Bovary
– Revidierte Übersetzung aus dem Französischen von Arthur Schurig. it 167
– Salammbô
Herausgegeben und mit einem Nachwort versehen von Monika Bosse und André Stoll. Mit Abbildungen. it 342
– Ein schlichtes Herz. it 110
– Drei Erzählungen/Trois Contes
Zweisprachige Ausgabe. Neu übersetzt von Cora von Kleffens und André Stoll. it 571
– November. Aus dem Französischen von Ernst Sander. it 411

Theodor Fontane. Allerlei Glück
Plaudereien, Skizzen, Unvollendetes. Ausgewählt und herausgegeben von Otto Drude. it 641
– Cécile. Roman. Mit einem Nachwort von Walter Müller-Seidel. it 689

Romane, Erzählungen, Prosa

Theodor Fontane. Effi Briest
Mit Lithographien von Max Liebermann. it 138
– Frau Jenny Treibel. Roman. Mit einem Nachwort von Richard Brinkmann. it 746
– Meine Kinderjahre. Autobiographischer Roman. Mit zahlreichen Abbildungen und einem Nachwort von Otto Drude. it 705
– Der Stechlin
Mit einem Nachwort von Walter Müller-Seidel. it 152
– Unwiederbringlich
Roman. it 286
– Vor dem Sturm. Roman aus dem Winter 1812 auf 13
Mit einem Nachwort von Hugo Aust. it 583

Georg Forster. Reise um die Welt
Mit einem Nachwort von Gerhard Steiner. it 757

Anatole France. Blaubarts sieben Frauen und andere Erzählungen
Aus dem Französischen von Irmgard Nickel. Mit Illustrationen von Lutz Siebert. it 510

Johann Wolfgang Goethe. Erfahrung der Geschichte
Historisches Denken und Geschichtsschreibung in einer Auswahl herausgegeben von Horst Günther. Mit Zeichnungen des Autors. it 650
– Dichtung und Wahrheit
Mit zeitgenössischen Illustrationen, ausgewählt von Jörn Göres. Drei Bände in Kassette. it 149/150/151
– Italienische Reise
Mit vierzig Zeichnungen des Autors. Herausgegeben und mit einem Nachwort von Christoph Michel. Zwei Bände. it 175
– Maximen und Reflexionen
Text der Ausgabe von 1907 mit den Erläuterungen und der Einleitung Max Heckers. Nachwort von Isabella Kuhn. it 200
– Reise-, Zerstreuungs- und Trostbüchlein
Herausgegeben von Christoph Michel. it 400
– Über die Deutschen
Erweiterte Ausgabe mit Illustrationen, einem Nachwort, Nachweisen und Register. Herausgegeben von Hans J. Weitz. it 325
– Goethes Letzte Schweizer Reise
Dargestellt von B. Schnyder-Seidel. Mit zeitgenössischen Abbildungen. it 375